Tout ce qui nous lie !

Sophie Davant

Tout ce qui nous lie !

Albin Michel

Notre lien

Le coronavirus venait de prendre la France en otage. J'étais confinée depuis une semaine. Une menace sérieuse, dangereuse, agressive. Une ambiance anxiogène telle que je n'avais rien pu faire les jours précédents, l'esprit trop encombré par les nouvelles plus pessimistes les unes que les autres. Même pas envie d'ouvrir un livre, alors qu'en temps normal je souffre de ne pas pouvoir dévorer les romans qui me font de l'œil. Même plus le droit d'aller me balader sur la plage, pourtant déserte, près de chez moi. Et ça allait durer… Minimum quarante-cinq jours… Me complaire dans cet état végétatif pendant deux mois ? Non merci, cela ne me ressemble pas… C'est là que mon éditrice intervint ! Sachez qu'elle ne lâche jamais, et qu'elle ne s'avoue jamais vaincue. Après avoir tenté ces dernières années de me convaincre de me relancer dans l'aventure de l'écriture sans parvenir à ses fins, elle a flairé le bon moment – deux mois d'inactivité et de confinement, un temps et une situation propices à la réflexion – et m'a appelée, une idée derrière la tête : trouver le bon projet pour me ferrer et m'inciter à m'y remettre. Non, je ne prendrai pas le risque d'écrire un roman. Non, je n'écrirai pas sur les blessures dues aux ruptures sentimentales, même si j'en connais un rayon ! Non, je ne parlerai pas des atouts des femmes de cinquante ans… « Alors pourquoi ne pas réfléchir aux liens que tu as tissés avec les Français depuis plus de trente ans », me souffla-t-elle…

Silence.

« Qu'est-ce qui nourrit une popularité ? Quels sont les valeurs, les traits de caractère, les éléments qui parlent aux Français et les touchent ? Pourquoi cette adhésion depuis toutes ces années ? En quoi s'identifient-ils à toi ? Et si tu te racontais en réfléchissant aux valeurs qui t'ont construite à travers ta vie, à travers eux ? »

Silence.

Une parole personnelle, voilà ce qu'elle souhaitait… Je cherchais les arguments pour m'y opposer. Étais-je légitime ? N'était-ce pas prétentieux ? En étais-je capable ? Elle a balayé mes objections et m'a invitée à essayer : « Et si, tout simplement, tu incarnais l'esprit français, comment le définirais-tu ? »

Convaincue par son talent, son expérience et son flair… j'ai fini par rendre les armes !

Je me retrouvai devant mon ordinateur, livrée à un travail d'introspection qui allait bien m'occuper les semaines suivantes… Quels sont donc les fondamentaux qui ont construit celle que je suis devenue ? Quelles sont les cultures qui me définissent ? Qu'est-ce qui se dégage après toutes ces années et qui a créé ce lien si particulier avec les Français ? Que signifie être une animatrice populaire, étiquette si souvent source de mépris chez certaines élites ? Quel est ce lien si cher avec ce populaire ? Ce lien à l'autre, ce lien spécifique qui fait notre esprit français. Ce qui nous lie, c'est avant tout le sens des autres. C'est ce qui nous construit aussi. La grandeur populaire vient de là, de ce cœur battant qui rend plus fort, plus humble, plus vivant, plus juste. Ce lien, c'est l'histoire d'une vie. De la mienne. De la vôtre. Ce livre est notre histoire. Une passion française et populaire !

L'âme populaire

> « Le salut du monde viendra de la pensée populaire. »
>
> Thomas CARLYLE

On me prête généralement le qualificatif d'« animatrice populaire ». Je le revendique, considérant que c'est plutôt un honneur d'être reçue et appréciée par vous, chers téléspectateurs. Il est probable que vous vous retrouviez un peu en moi, et que vous vous identifiez naturellement. Un ami, habitué à sillonner notre pays, dans les régions où l'appellent ses obligations professionnelles, s'étonnait des commentaires affectueux, tendres, quasi fraternels qu'on lui confiait à mon sujet lors d'échanges à bâtons rompus avec des personnes qu'il était amené à croiser et qui savaient que nous nous connaissions. Il me disait alors : « Tu es la petite sœur des Français ! » Je prenais cela pour un compliment, fière du lien qui s'est tissé entre nous grâce à toutes ces années de quotidienneté. Vous m'avez vue à l'œuvre dans toutes sortes de circonstances, vous m'avez vue grandir, évoluer, mûrir, vieillir. Vous m'avez vue sérieuse, profonde, émue, rigoureuse, délirante, spontanée, rieuse, gaffeuse. Vous avez partagé mes bonheurs, mon mariage, la naissance de mes enfants, leur éducation, mes succès d'audience, mes marathons téléthoniens, quelques épisodes, pour la plupart volés, de mes histoires d'amour. Vous avez été touchés sans doute aussi par mes déconvenues, mon divorce, mes ruptures, les aléas professionnels que j'ai subis, la lecture de mes livres, la confession de mes fragilités. Vous vous êtes reconnus dans ce parcours de vie. Je n'ai jamais cherché à tricher, à maquiller mon image, à me présenter à vous différente de ce que je suis dans la vie. J'ai constaté votre perspicacité et votre aptitude à percevoir l'invisible. Vous vous trompez rarement sur telle ou telle personnalité, même si certains professionnels parviennent à duper leur monde. Ils finissent souvent par être démasqués, s'avérant souvent être leur premier ennemi, en se perdant dans des excès. La vérité remonte souvent à la surface ! Je n'aurais pas l'indélicatesse de citer des noms, mais j'en connais...

Je suis fascinée, et souvent écœurée, de réaliser à quel point cette notion de popularité est méprisée par certaines élites, par un certain milieu intellectuel, par des médias qui se prétendent « branchés », « hype », dans le « moove », soi-disant en phase avec l'air du temps. Combien de fois ai-je dû essuyer un refus d'invitation à une émission parce que j'étais trop « populaire » ! Combien de fois ai-je dû renoncer à l'idée d'un portrait dans un quotidien de « lettrés », ou dans un magazine féminin chic, pour la seule raison de ma popularité, alors que cela suppose justement l'adhésion d'un très grand nombre. « Populaire... Quelle horreur... Pas de ça chez nous... Nous sommes au-dessus de ça quand même ! » Mais qui sont-ils, sérieusement, pour être si arrogants ? Sont-ils sûrs, eux, d'être en phase avec les attentes de leurs lecteurs potentiels ?

Les chaînes de télévision généralistes, grand public comme on dit, se laissent souvent séduire par l'attrait de la nouveauté, en embauchant des têtes d'affiche issues d'horizons « tendance »... C'est bien normal de vouloir renouveler les visages, d'être créatif et de rechercher de nouvelles idées, mais devant certaines déconvenues liées aux faibles audiences, alors qu'ils annonçaient avoir trouvé la perle rare qui allait tout révolutionner, les patrons sont bien contents de recourir aux figures populaires pour éviter les naufrages...

Il m'est arrivé de discuter de ces notions avec deux acteurs que vous adorez : Vincent Lindon et Fabrice Luchini. Ils mènent chacun leur carrière, à leur manière. Vincent, uniquement au cinéma, dans des films d'auteur, qu'il choisit méticuleusement, soucieux de son image, avec une grande exigence. Fabrice, ajoutant à ses prestations cinématographiques des prouesses théâtrales – je vous recommande bien sûr d'aller assister à l'un de ses spectacles où, seul en scène, il met un ou plusieurs écrivains à l'honneur. Mélange d'érudition, d'excellence dans l'interprétation, d'improvisations inouïes de drôlerie et d'originalité, et de transmission du savoir.

Quel parcours que celui de Fabrice, apprenti coiffeur, autodidacte, gamin de Paris ayant écumé dans son enfance les ruelles de Montmartre, puis élève de Jean-Laurent Cochet, répétant, inlassablement, chaque nuit d'insomnie pendant quarante ans, les fables de La Fontaine pour trouver le bon ton, la bonne diction, le bon rythme, devenu l'excellent comédien reconnu, et le professeur de français qu'on aurait tous adoré avoir, incollable sur Céline, Flaubert, Baudelaire, Verlaine, Nietzsche, Molière, ou Sacha Guitry… Grâce à lui, j'ai découvert Jean Cau, Philippe Muray, des auteurs moins connus qu'il a remis en lumière.

Ces deux-là jouent régulièrement au jeu de la « carte », très prisé dans le milieu artistique. L'idée est de passer en revue une liste de personnalités médiatiques ou artistiques et de leur décerner une carte Visa, Gold, Black, Platinum, selon leurs prestations : plus le film, la pièce ou l'émission dans laquelle vous apparaissez remporte l'adhésion du grand public, plus vous descendez dans la hiérarchie des cartes, jusqu'à risquer de la perdre, carrément… Un Dany Boon est capable de perdre sa Platinum d'humoriste branché en réalisant des millions d'entrées avec *Bienvenue chez les Ch'tis.* Pierre Arditi, l'acteur de prédilection d'Alain Resnais (qui, lui, est « carte Black »), a perdu sa Platinum en se commettant dans des téléfilms trop populaires… Coluche a quant à lui accédé à la carte Black non pas en tant que comique préféré des Français, mais lorsqu'il a joué dans un film dramatique, *Tchao Pantin…*

En télévision, à une époque, rien n'était plus chic que de travailler sur Canal+, à *Nulle part ailleurs.* Cela vous ouvrait toutes les portes (les temps ont un peu changé !). Vous comprenez le principe ! On peut aussi récupérer la carte perdue à l'issue d'un grand succès, en osant le film d'auteur très pointu et ainsi retrouver les faveurs des *happy few…*

Bref, le jeu peut durer des heures ! Les exemples pourraient se reproduire à l'infini, et les écouter débattre de ces attributions fictives est toujours très amusant et riche d'enseignements. Fabrice est d'ailleurs l'un des rares cas, grâce à l'excellence, l'exigence et la particularité de ses spectacles, à conserver sa carte Gold, alors qu'il est par ailleurs devenu un acteur populaire et *bankable,* comme on dit, servi par ses prestations promotionnelles télévisuelles toujours délirantes, qui ne passent pas inaperçues.

Inutile de vous dire que je n'ai jamais eu la carte de la branchitude. Peut-être avec les années, qui sait ? Jacques Séguéla me disait que la longévité est une valeur ajoutée et engendre une considération non négligeable ! On verra...

D'autres « populaires » ont réussi à forcer le respect de certaines élites jacobines... Je suis une fervente admiratrice du philosophe Michel Onfray, de ses livres bien sûr, de son éthique, mais aussi et surtout du concept d'« université populaire » qu'il a lancé à Caen il y a des années maintenant : donner, bénévolement, une série de conférences sur des thématiques accessibles gratuitement à qui le souhaitait et relayées alors sur France Culture, pour le plus grand bonheur des auditeurs. Une heure de conférence, suivie d'une heure de questions-réponses. J'ai eu la chance d'assister à plusieurs de ces grand-messes et j'ai été bluffée : d'abord par l'érudition de Michel et sa capacité à improviser sur n'importe quel sujet avec brio, mais surtout par la foule qui s'y rendait. Plus de mille personnes à chaque fois, toutes catégories socioprofessionnelles et tous les âges réunis… Il a été contraint, hélas, de mettre un terme à cette aventure, faute de mise à disposition de salles dignes de cette ferveur populaire et à cause de la décision de la direction de France Culture d'interrompre les retransmissions radiophoniques estivales. Le philosophe n'est pas homme à renoncer à sa liberté d'expression ! Il poursuit son œuvre de transmission à un large public, à travers ses livres bien sûr (il en publie six à sept par an !), mais aussi dans la revue qu'il a créée en collaboration avec Stéphane Simon, *Front populaire*, dans laquelle, outre les textes qu'il y signe, il offre une tribune à des intellectuels de tous bords. Michel est un fervent défenseur de la France d'en bas, on le sait. Et son portrait de Michel Drucker, en 2015, dans *VSD* en témoigne : « Michel représente cette France qui n'est pas morte. Je crois à la France populaire, à la France d'en bas, à la France modeste qui se reconnaît dans un Michel Drucker compétent, gentil, et qui veut le bien des gens. Que peut-on demander de mieux dans une époque où l'on ne célèbre que le fric, le cynisme, l'arrogance, l'insulte ? Où les comiques n'existent que lorsqu'ils sont dans la méchanceté, dans l'agressivité ? Oui, il est une espèce de résistant dans le paysage audiovisuel actuel. Il me touche beaucoup. C'est un mythe de son vivant mais il reste un petit garçon, pas sûr de lui, évoluant encore sous le regard de sa mère – qui était plutôt amatrice de Simone de Beauvoir. Un jour que nous déjeunions ensemble, il m'a avoué en fin de repas avoir rédigé des fiches sur moi et sur les grands philosophes en préparation de cette rencontre. C'est le monde à l'envers ! C'est moi qui devrais être ému et quasi tremblant de rencontrer un mythe de la télévision française. Tous les intellectuels râlent contre la chanson populaire mais ils connaissent tous les chansons de Johnny Hallyday, celles de Michel Delpech, ou encore celles de Sylvie Vartan. Et quand on les connaît un peu, on découvre qu'ils font des karaokés. C'est dire. Je pense qu'il y a un snobisme des intellectuels qui, en réalité, se damneraient pour être invités chez Michel Drucker et qui, en même temps, fustigent ces émissions populaires. »

C'était en 2015. Les temps ont un peu changé, et Michel est plus que jamais devenu une référence, en allant jusqu'à accueillir sur son plateau de *Vivement dimanche*, outre les artistes et les têtes d'affiche habituels, des hommes ou des femmes politiques venus chercher le moyen de diffuser une image plus conviviale et plus humaine. En un mot, plus populaire !

À l'image de Michel, ou avant lui de Bernard Pivot, de Jacques Chancel, de Jacques Martin, on peut être populaire et élégant, populaire et exigeant, populaire et cultivé. Populaire ne rime pas forcément avec ordinaire, avec vulgaire, ou ignorant. Ce racisme social est intolérable, inadmissible, indigne ! Drucker, Pivot, Chancel, Martin sont mes maîtres, et je souhaite m'inscrire dans leur lignée. Et si, modestement, je suis de cet héritage, je veux le revendiquer haut et fort. Comme le sont Nagui, Laurent Ruquier, Stéphane Bern, Karine Le Marchand, Nikos Aliagas, etc.

Ma grande fierté avec *Affaire conclue*, c'est que nous sommes parvenus à vous rassembler en grand nombre, quels que soient votre âge (vous regardez souvent cette émission en famille !), votre culture, votre origine. De l'artisan au professeur d'université en passant par le commerçant, notre mission de service public est de proposer aux téléspectateurs une fenêtre culturelle. C'est désormais tellement rare d'offrir un programme grand public à la fois instructif et divertissant, qui fédère toutes les familles, des plus modestes aux plus aisées. Les commissaires-priseurs qui travaillent à mes côtés dans *Affaire conclue* me disent également être confrontés dans leur milieu au mépris de leurs confrères ampoulés et réactionnaires, protecteurs de leurs prérogatives et défenseurs de leur statut éminent. Ces messieurs ou dames (trop rares encore !) ne comprennent pas comment on peut se produire dans une telle émission et galvauder ainsi ses connaissances. Autrement formulé : pourquoi donner du lard à des cochons ? Grâce à leur esprit ouvert, à leur talent de pédagogues, et au plaisir qu'ils prennent à transmettre leurs connaissances, ceux qui ont choisi de m'accompagner dans cette aventure télévisuelle contribuent à dépoussiérer leur profession, et à faire de nombreux adeptes : depuis la diffusion de ce programme, de plus en plus de jeunes embrassent le double cursus universitaire droit et histoire de l'art pour suivre leur exemple ! Patricia Casini-Vitalis, l'un des commissaires-priseurs de l'émission, pour laquelle j'ai éprouvé un coup de foudre immédiat, n'a pas sa langue dans sa poche : « C'est bien triste de constater que cette notion de popularité, pure et bienveillante, est pervertie par la culture et l'intelligence ! »

À une époque où la France des Gilets jaunes a fait parler d'elle pendant plusieurs semaines, plus que jamais, nous devrions redonner ses lettres de noblesse à cette France populaire. Quoi de plus beau en effet que d'être reçu et apprécié par le plus grand nombre ? Ces méprisants sarcastiques devraient y réfléchir à deux fois ! Un vieux dicton nous rappelle qu'il ne faut jamais oublier d'où l'on vient pour aller où l'on veut...

Le bon sens terrien

> « Un peuple qui ne connaît pas son passé, ses origines et sa culture ressemble à un arbre sans racines. »
>
> Marcus GARVEY

Vous partagez sûrement avec moi ce bon sens terrien. Savoir d'où l'on vient, pour « se devenir », définir quelle direction donner à sa vie… Je me suis nourrie d'un héritage qui m'a permis de garder les pieds sur terre, dans ce milieu fou et cruel de l'audiovisuel, où les places au soleil sont rares et ô combien convoitées ! Voilà plus de trente ans maintenant que mon minois s'affiche quotidiennement sur votre téléviseur… Il a fallu que j'apprenne à évoluer dans cette fosse aux lions, confrontée à la bataille des ego, aux rivalités, aux ambitions, aux excès de la nature humaine. J'adore mon métier, les rencontres, la nécessité de s'adapter à toutes les situations, l'imprévu, l'obligation de réactivité, la créativité en toute circonstance. Et pourtant, j'ai toujours eu l'impression de rester à l'extérieur de tout cela, et de ne jamais me laisser emporter par ce flux. J'ai gardé la tête froide, convaincue par l'idée de placer mes essentiels ailleurs. Je n'ai jamais oublié d'où je viens, éprouvant un immense respect et une grande reconnaissance envers mes aïeuls pour les valeurs qu'ils m'ont transmises. Une famille bien française, sans prétention, avec un niveau de vie correct, sans plus. Du côté maternel, la rigueur de grands-parents instituteurs, directeurs de l'école d'un village de cinq mille habitants où nous vivions, mes parents et moi. La cour de l'école a constitué l'un des lieux de vie de mon enfance. J'y ai fait du sport, du basket en particulier, sport de prédilection de mon grand-père. Je l'admirais. Il faut dire qu'il était admirable. Un honnête homme, juste, généreux, impliqué, citoyen engagé, redouté par ses élèves car sévère quand il le fallait, pratiquant un enseignement à l'ancienne qui apprenait vraiment à lire et à écrire, fidèle aux préceptes de Jules Ferry, avant que les réformes ne viennent malmener tout cela. Un homme ô combien respecté dans le village, au même titre que le maire, ou le prêtre, autres personnages incontournables. Ma grand-mère, digne, sobre, sérieuse et élégante en toute circonstance, prenait aussi très à cœur son travail d'enseignante. Outre le fait d'être leur petite-fille, j'avais la chance ou la malchance de compter parmi leurs élèves et je me devais de ce fait d'apparaître irréprochable : de bonnes notes – le contraire eût été inacceptable – et un comportement exemplaire. Il m'arrivait même d'être accusée à tort et de subir des punitions à la place des autres pour ne pas être soupçonnée d'un quelconque traitement de faveur. Sans oublier les pratiques sportives obligatoires : le basket bien sûr, malgré ma petite taille et mon physique plutôt chétif. Quel plaisir de susciter la fierté de mon grand-père, qui arbitrait ou entraînait, en faisant preuve d'adresse et de vivacité ! Il passait tous ses week-ends à accompagner bénévolement des équipes dans le département de la Gironde. Il était passionné, y consacrant tout son temps libre, en dehors des conseils municipaux, pendant que son épouse, patiente, l'attendait en tricotant... des chaussettes (qui grattaient !), sa spécialité. Une autre époque... C'est précisément dans cette époque révolue que j'ai appris la valeur des autres, le partage, le sens du collectif, la mixité de l'école laïque, et surtout la rigueur. J'ai grandi auprès de ce couple convaincu d'avoir un rôle à jouer dans l'émancipation de chacun de leurs élèves afin qu'ils puissent choisir leur avenir dans les meilleures conditions. Le profit et l'argent n'ont jamais fait partie de leurs motivations. Ils vénéraient Blum, Mendès France et François Mitterrand. Je revois mon grand-père dans son garage, découpant méticuleusement des articles du *Monde*, et constituant des dossiers sur tous les sujets, qui me serviraient plus tard quand je choisirai de faire une école de journalisme. Ils furent mon modèle d'humanisme, de civisme, et d'altruisme.

Du côté paternel, l'environnement était très différent, bien qu'à quelques centaines de mètres. Mon grand-père était ébéniste et fabriquait des cercueils. Je revois ce personnage haut en couleur, chasseur, baratineur, provocateur défier ses copains pendant les matchs de rugby, assénant systématiquement l'opposé de ce qu'ils avaient envie d'entendre, juste pour le plaisir de les taquiner. Il y avait de l'ambiance dans la salle à manger ! Ma grand-mère tenait le bar-tabac-journaux-bonbons juste en face de la gare. Femme sympathique, affable, généreuse, empathique, drôle, elle prenait le temps de converser avec chacun de ses clients en s'enquérant des uns ou des autres, tandis que mijotait sur un coin de sa cuisinière en fonte un ragoût dont elle avait le secret. Je ne me lassais pas de la regarder cuisiner, d'écouter ses bavardages. Je n'en perdais pas une miette. J'ai appris à ses côtés l'empathie, le plaisir de partager et d'être utile, des qualités qui me serviront quand il s'agira pour moi de remplacer Jean-Luc Delarue. Ma grand-mère, aujourd'hui dans un autre monde, se serait amusée de me voir reproduire avec mes invités son naturel et sa spontanéité. Elle n'est pas si loin, je pense beaucoup à elle. Elle était croyante, pratiquante, je l'accompagnais à la messe tous les dimanches. Il faut dire que je ne me lassais pas d'admirer le prêtre qui avait de faux airs d'Yves Montand. Mes grands-parents paternels étaient plutôt gaullistes, giscardiens, centristes libéraux.

Moins cultivés que mes grands-parents maternels, ils étaient aussi influents dans le village, à leur manière. Les deux couples se respectaient et entretenaient des relations cordiales, malgré leurs divergences. Moi, je passais d'un monde à l'autre, de l'ambiance de l'école et du parfum de la craie à l'atmosphère enfumée du bistrot, de mes livres de lecture et de mes cahiers d'exercices aux flippers, aux bandes dessinées que je dévorais et aux paquets de bonbons dont je cachais les papiers sous les fauteuils du salon. Ma grand-mère, complice, les découvrait plus tard, en faisant le ménage sans jamais me faire la moindre remarque. Je n'avais que deux rues à traverser entre ces deux mondes. Je réalise aujourd'hui à quel point ces liens ont imprégné mon devenir.

Les personnes que je reçois sur le plateau de télévision aujourd'hui, j'ai l'impression de les avoir déjà croisées et entendues depuis toujours. Bien qu'ayant fait des rencontres importantes qui m'ont ouverte à d'autres univers, je ne me suis jamais sentie coupée de mes racines et de leurs enseignements initiaux. Je ne les ai jamais reniés, je m'y suis toujours référée tant ils m'ont permis de rester structurée, à peu près

« normale » au vu de certains ego pathologiques et démesurés qu'il m'arrive de croiser. L'enseignement de mes parents a compté aussi bien sûr. Ma mère m'a transmis la féminité et l'absolue nécessité de faire des études pour choisir mon avenir et acquérir une indépendance financière. Maman avait un charisme fou, un sourire éclatant, mais était assez distante et mystérieuse. Pas le genre à recueillir mes confidences d'adolescente. Elle m'impressionnait un peu et je redoutais ses réactions. Elle menait tout de front. Sa vie familiale – deux enfants à élever, son rôle d'épouse – et un métier absorbant – chercheur au CNRS. Elle travaillait sur la gynécologie des vers de terre, en les tirant à quatre épingles au sens propre, et en prélevant leurs ovaires, cherchant à trouver des similitudes avec les spécificités de l'appareil reproductif humain. Imaginez cette élégante femme en tailleur, troquant ses escarpins pour des bottes en caoutchouc qu'elle sortait de son coffre en vue du premier tas de fumier venu. Nous descendions alors de la voiture avec nos fourches pour le retourner, à la recherche de lombrics grassouillets, dont elle s'occuperait plus tard sous la lentille infaillible de son microscope.

J'admirais sa beauté, sa distinction, son intelligence. Son militantisme aussi. Au sein de l'association Choisir, cofondée par l'avocate et féministe de premier plan Gisèle Halimi, Maman était de tous les combats : pro-avortement, accession des femmes à des postes à responsabilités, parité, égalité des salaires... Telle une petite souris, j'adorais me glisser au milieu de ses amies pour l'écouter débattre de tous ces sujets, et l'entendre rire aussi, de son rire tonitruant, réagissant à l'une ou l'autre de leurs confidences. Dès ma jeune adolescence, elle m'a parlé de la possibilité de prendre la pilule, pratique encore avant-gardiste pour l'époque et à cet âge-là ! Je me souviens aussi de l'avoir accompagnée au cinéma pour voir *L'Amour violé*, film dramatique ô combien efficace de Yannick Ballon avec Nathalie Nell, Pierre Arditi et Daniel Auteuil, pour me sensibiliser à la problématique du viol. J'en suis restée traumatisée et marquée au fer rouge.

De ma mère j'ai gardé l'envie de réussir ma vie, de ne dépendre de personne financièrement, d'être libre de mes choix, même mauvais, d'aller au bout de mes envies. D'elle, j'ai cultivé la manière de savoir se mettre en valeur, de se coiffer, de se maquiller, se vêtir avec goût... D'elle aussi, j'ai appris à m'entourer d'amitiés féminines essentielles dans la construction d'un parcours de vie. D'elle encore, j'ai hérité d'un esprit critique et rebelle, prompte à me révolter à la moindre injustice ou à exprimer un point de vue différent.

Mon père m'a beaucoup apporté également, dans des registres très différents. Sacré personnage : original, passionné, poétique, égoïste aussi, mais unique en son genre ! Initié très jeune par son oncle et son père aux secrets de la nature, il a fait de la protection de l'environnement le combat de sa vie. Ornithologue émérite, il a d'abord entrepris des études de biologie marine, puis a enseigné à l'université avant de créer une association de protection de la nature, à l'époque où le sujet ne faisait pas encore la une de l'actualité. Bénévolement, il s'est battu contre les centrales nucléaires, le problème des déchets radioactifs, la pollution des nappes phréatiques, la sauvegarde d'écosystèmes endémiques... ne comptant pas ses heures et y épuisant toute son énergie... J'ai admiré son caractère passionné, l'ampleur de ses connaissances sur le monde végétal et animal, son implication bénévole, la force de ses convictions... J'ai partagé son goût pour la gastronomie de notre terroir et son amour des bons vins. Et j'ai gardé le besoin absolu de grands espaces vierges, si possible au bord de la mer...

Je conserve de cet héritage le besoin d'exercer un métier qui me passionne, dans lequel je déploie toute mon énergie sans compter mes heures de présence, et l'envie de me sentir utile aux autres, dans une démarche de bénévolat. Dès que je peux mettre mes compétences et ma disponibilité au service d'une cause, je le fais bien volontiers. Bien sûr, depuis que je suis entrée au quotidien dans votre foyer il y a trente ans, j'ai conscience de vous apporter un sourire réconfortant, de partager des informations qui vous font défaut, ou de vous offrir la présence dont vous avez peut-être besoin. Je le vis comme un privilège et une fierté, avec à cœur d'être toujours à la hauteur de notre rendez-vous quotidien, quels que soient mon humeur, mes états d'âme ou mes problèmes. J'en ai, comme tout le monde, mais je fais en sorte de les oublier, au moins pendant la durée du direct.

Ma vraie fierté cependant résulte de mes engagements bénévoles. Le Téléthon, bien sûr, que j'ai l'honneur de présenter depuis plus de vingt ans, étant ainsi le dernier maillon d'une chaîne qui relie chercheurs, médecins, familles, bénévoles et malades. Je suis heureuse de cette longévité et de la confiance que m'accorde l'Association française contre les myopathies, et de la relation qui m'unit à certaines familles que je côtoie depuis des années. Une amitié me lie, entre autres, à Jeanne et à sa famille depuis une vingtaine d'années. J'ai rencontré Jeanne sur le plateau du Téléthon. Alors âgée de huit ans à peine, elle m'avait séduite par sa présence lumineuse, presque habitée, et par sa vivacité. Elle rêvait à voix haute d'un temps où l'on débaptiserait les chercheurs pour les qualifier de « trouveurs ». Il lui a fallu patienter des années pour que les désormais trouveurs posent enfin un diagnostic sur le mal invalidant qui la privait de sa liberté de mouvement : une sorte de myopathie rarissime, dont on aurait pu limiter les dégâts avec un diagnostic précoce. Cette maladie – qui la clouait sur un fauteuil et qui obligeait ses parents à se lever plusieurs fois par nuit pour lui permettre de changer de position – ne l'a pas empêchée, grâce à une volonté farouche et une mémoire exceptionnelle, de mener brillamment et en parallèle plusieurs cursus universitaires. Elle est même parvenue à intégrer l'École supérieure de journalisme de Lille, pour laquelle elle m'avait demandé une lettre de recommandation. À l'époque elle m'avait avoué vouloir suivre mes traces... Mais à la stupéfaction générale, rattrapée par une foi fervente qui la guidait depuis son plus jeune âge, elle a renoncé à une brillante future carrière et choisi d'intégrer un ordre religieux coupé du monde extérieur, pour se consacrer à la prière et pratiquer ainsi son amour pour Dieu. Elle s'est sentie appelée et rien, pas même l'amour et le chagrin de ses parents devant renoncer à sa présence à leurs côtés, ne l'a retenue ou fait changer d'avis. Interpellée par sa décision, j'ai décidé de l'interviewer, une dernière fois, avant sa retraite, et de lui consacrer un documentaire diffusé lors du Téléthon 2019. J'avais besoin de comprendre. Je voulais m'assurer que cette décision n'était pas une manière de soulager ses parents de la fatigue causée par les contraintes liées à son état. Elle aurait été capable de renoncer à être un poids et une charge pour eux... Mais elle m'a convaincue de l'intensité de sa foi et, plus lumineuse et affirmée que jamais, de la certitude du bonheur qu'elle éprouverait à épouser ce chemin spirituel. Elle vit aujourd'hui retirée dans un couvent, près de Nantes, entourée par des sœurs aimantes qui ont reçu une formation médicale pour répondre à ses besoins. Ses parents ont dû réapprendre à vivre en faisant le deuil de sa présence. Ils ont des nouvelles de loin en loin, n'ont plus de droit de visite jusqu'à ce qu'elle prononce ses vœux définitifs. Ils m'appellent pour me tenir informée, réagissent à mes « coucous » à l'antenne à l'occasion du Téléthon, s'accommodent comme ils peuvent de cette privation de leur fille tant aimée et qui leur a tant donné. Mais ils respectent et se réjouissent autant qu'ils le peuvent de la savoir heureuse et apaisée ! Je les embrasse...

La recherche contre le cancer et l'obligation de prévention m'importent tout autant, en écho à la maladie et au décès de ma mère. Aujourd'hui, grâce aux progrès de la prise en charge et des protocoles mis en place, mélanges de chimiothérapie, de radiothérapie et d'immunothérapie, voire de recherches issues de la thérapie génique ou cellulaire (initiées par l'argent des Français récolté à l'occasion du Téléthon...), même si on n'en guérit pas toujours, on parvient à prolonger considérablement la vie des malades. Il y a quelques années, j'ai répondu à l'appel de Tina Kieffer, qui dirigeait alors la rédaction du mensuel féminin *Marie Claire*. Elle avait sollicité plusieurs personnalités féminines, auxquelles elle avait proposé de participer à une campagne en faveur du dépistage. J'ai accepté, parmi des actrices, mannequins, femmes publiques, de poser torse nu devant l'objectif d'un grand photographe de mode. Une sacrée campagne, audacieuse, osée, qui a marqué les esprits. J'ai foncé, sans trop me poser de questions, étant donné l'importance et l'utilité de la cause. J'avoue avoir éprouvé un peu de gêne et de pudeur en voyant cette photo de moi dénudée, placardée sur des affiches à l'arrière des bus ou sur d'immenses panneaux publicitaires. Je me souviens d'avoir rougi, quand un chauffeur de taxi, à mes côtés à un feu rouge, a baissé sa vitre pour me complimenter sur mes attributs offerts à la vue de tous... Il fallait assumer... Je suis fière d'avoir relevé le défi et peut-être contribué à sauver quelques vies.

La même Tina Kieffer m'a également embarquée dans son aventure cambodgienne, Toutes à l'école. Sacrée nana que cette Tina, d'une énergie et d'un courage incroyables, elle est prête à abattre tous les obstacles, et vaincre tous les sommets, même les plus ardus. Je me suis laissé séduire par son pouvoir de conviction et suis devenue l'une des marraines de son association. Je l'ai même suivie au Cambodge, pour visiter les infrastructures qu'elle a créées. L'objectif est de parrainer des petites filles, laissées pour compte et maltraitées dans ces pays sous-développés, et de leur offrir la possibilité d'aller à l'école pour disposer d'armes et d'atouts, qui leur permettront peut-être de choisir leur avenir.

Depuis, je continue à financer les études d'une enfant, issue d'un milieu plus que défavorisé, qui s'avère être une brillante écolière et qui suscite ma fierté. Je n'ai ni la possibilité ni le temps de me démultiplier autant que je le souhaiterais, mais je réponds comme je peux aux sollicitations caritatives, en ayant l'impression de suivre l'enseignement de mes aïeuls. Donner de soi et de son temps aux autres apporte de la joie, de la satisfaction. Un bien-être qui est l'une des clés de notre paix intérieure. Je pense notamment à ceux qui abordent la dernière partie de leur vie, qui ont du temps et de l'énergie à revendre, et qui pourraient trouver un vrai réconfort dans le fait se mettre au service de ceux qui ont besoin d'eux, quels qu'ils soient.

Cet héritage familial coule dans mes veines. Un lien qui se fait guide et me permet au quotidien de garder un certain recul, un œil critique dans mes différentes activités. Je sais d'où je viens. Je tiens à mes fondamentaux, qui sous-tendent peut-être la simplicité et le naturel de la relation que j'établis avec les invités anonymes que je reçois. Nos origines nous lient et nous relient. Un populaire qui rime avec la vie !

Où l'on va

> « Sème un acte, tu récolteras une habitude ; sème une habitude, tu récolteras un caractère, sème un caractère, tu récolteras une destinée. »
>
> DALAÏ-LAMA

En plus de trente ans d'émissions quotidiennes, nous avons grandi, mûri, évolué côte à côte. Pas facile de s'offrir tous les jours au regard des autres. Et depuis que les réseaux sociaux sont devenus les nouveaux marqueurs, vous ne vous gênez pas pour exprimer ce que vous pensez. Beaucoup de soutien et de compliments, et, inéluctablement… des critiques aussi, parfois fondées, parfois excessives, comme motivées par l'envie de se venger ou de se défouler. L'image que j'affiche à l'antenne n'est pas très différente de celle de la femme que je suis au naturel. Elle a évolué, comme moi, au fil des années, en fonction des modes et des émissions que j'anime : on ne se présente pas de la même manière aux Français le matin tôt, en début d'après-midi, ou le soir à vingt et une heures en prime time. J'y travaille de concert avec les professionnelles qui m'entourent. Ce sont parfois des discussions interminables, souvent drôles : non, je ne couperai pas mes cheveux ; non, je ne porterai pas cette forme de chemisier ou cette couleur, ce tailleur trop classique avec lequel je prendrais dix ans ; non, je ne porterai pas de jeans troués, de robes « dadame », ce look manque de parti pris…

« Parti pris »… Voilà un terme qui revient souvent dans ma bouche et qui amuse mes collaboratrices. Comment définir ce style ? Un mélange sport-chic, féminin-masculin, classique-branché. Des intemporels : tailleurs masculins, chemises bien coupées, de belles matières, pulls en cachemire col bateau ou V profond, robes d'une certaine longueur, pantalons larges, ou cigarette au-dessus de la cheville. Le style est avant tout l'expression d'un corps en harmonie. J'ajoute toujours un détail qui apporte de la féminité ou de la fantaisie. Je choisis autour du cou des bijoux en or, très discrets. J'adore les grosses bagues, et les montres masculines. En vraie Bordelaise, j'aime soigner mon apparence, et j'assortis toujours la couleur de mes ceintures à celle de mes chaussures. C'est mon truc à moi ! À chaque fois que j'ai obéi à un diktat imposé par l'image, pour séduire telle ou telle catégorie de téléspectateurs, je ne m'y suis pas retrouvée. Je préfère écouter ma petite voix intérieure et rester fidèle à ce qui me plaît. Je ne veux pas me déguiser en une autre pour l'audimat. Hors de question ! De la même manière, je me suis livrée à vous telle que je suis, avec mes forces et mes fragilités. Aussi frivole que profonde, aussi extravertie que pudique, aussi sérieuse que rieuse, avec une constante : travailler sérieusement, sans me prendre au sérieux.

Nous nous construisons tous avec des références, des modèles, auxquels nous nous identifions, pour nous fixer un cap à tenir, des objectifs à suivre… Certains ou certaines vont s'identifier à une grande figure historique, le général de Gaulle ou l'empereur Napoléon par exemple, comme mon ami Pierre-Jean Chalençon, célèbre acheteur d'*Affaire conclue*, d'autres à un acteur, un chanteur, un homme ou une femme de lettres, de sciences, un artiste... En ce qui me concerne, j'ai été très inspirée par ceux ou celles qui ont ouvert des voies, dans le domaine caritatif par exemple, comme Bernard Kouchner dont l'aventure avec Médecins du monde, auprès des boat-people dans les années soixante-dix, et le combat en faveur du droit d'ingérence, ont été relayés par de grands noms de l'intelligentsia. Je me rêvais médecin humanitaire, à ses côtés... J'ai été séduite également par le parcours de ces femmes pionnières qui se sont battues pour s'imposer dans des milieux où jusque-là elles n'avaient pas leur place ! J'avais envie moi aussi d'être utile à la société, de laisser une trace, d'apporter ma pierre à l'édifice... Je ne savais pas encore bien dans quel domaine !

Avec le recul et un certain amusement, je réalise que devenir une animatrice connue du petit écran n'était pas au programme de la jeune étudiante en journalisme que je fus. Être aujourd'hui une inspiratrice pour certaines me touche beaucoup et ne cesse de me surprendre. Cela m'émeut d'autant plus que d'autres femmes ont été des modèles pour moi aussi, Françoise Giroud en tête ! Quelle élégance, quel tempérament, quelle intelligence ! L'une des premières femmes à occuper un poste de direction, aux côtés de Jean-Jacques Servan-Schreiber, dont elle était folle amoureuse, avec tous les excès qui en découlent et qui la rendaient humaine, à la tête de l'hebdomadaire le plus novateur et le plus anglo-saxon de l'époque : *L'Express*. Aussi autoritaire que séductrice, sachant jouer de ses réseaux et de son entregent, elle n'avait pas son pareil pour aller à la pêche aux scoops dans les dîners parisiens. Pas facile à l'époque de s'imposer à ce niveau dans ce milieu d'hommes, campés sur leurs prérogatives. Une pionnière, au même titre qu'Hélène Lazareff. Elle a formé ses « girls » à son image – Michèle Cotta, Catherine Nay – et a engendré de multiples héritières qui se réclament d'elle aujourd'hui encore. J'ai gardé pour Michèle Cotta une tendresse particulière. Je l'ai côtoyée à mes débuts, lorsqu'elle était à la direction d'Antenne 2, et elle m'a fait l'honneur d'être une invitée surprise lors d'une émission qui m'était consacrée. J'admirais Anne

Sinclair, ses talents d'intervieweuse, sa beauté, ses yeux bleu lagon, ses pulls en mohair… Son rendez-vous incontournable du dimanche soir, *7 sur 7*, où aucun homme politique ne résistait à ses questions acérées, assénées dans la séduction la plus subtile. Je me souviens de Jacques Delors, et du suspens lié à l'annonce éventuelle de sa candidature à la présidence de la République. J'ai savouré la complicité qui la liait à son insolent ami Guy Bedos. Il m'est arrivé de sécher mes cours pour regarder l'émission qu'elle présentait l'après-midi sur Antenne 2, *L'Invité du jeudi*, lors de l'une de ses traversées du désert. Elle y recevait artistes, écrivains, comédiens, chanteurs, stars de cinéma.

Je n'ai pas pu résister lorsqu'elle a reçu Simone Signoret, que je vénérais. Femme têtue, convaincue, ne lâchant rien dès qu'il s'agissait d'un combat contre l'injustice en faveur des droits de l'homme, et prête à passer des coups de téléphone dans toutes les rédactions pour alerter sur telle ou telle situation. J'aimais l'actrice bien sûr et ses rôles inoubliables dans des films tout aussi mémorables : *Casque d'or*, *Les Chemins de la haute ville* – pour lequel elle recevra l'Oscar de la meilleure actrice à Hollywood en 1960 (elle sera d'ailleurs la première Française à accéder à ce Graal) –, *La Veuve Couderc, La Vie devant soi* et son personnage de Madame Rosa… J'aimais aussi l'amoureuse, et pour cause… Sa passion pour Yves Montand, envers et contre tout, ne reculant devant aucun sacrifice. Quittant tout pour lui, son mari, le réalisateur Yves Allégret, et leur vie de famille avec sa fille de quatre ans. Plus tard, bien plus tard, Simone Signoret se laissera vieillir prématurément, accélérant même le processus avec l'alcool et la cigarette, quand les infidélités de Montand – notamment avec Marilyn Monroe – feront les unes du monde entier. Elle choisira de vieillir par orgueil, de vieillir avec orgueil, sachant qu'elle ne pourrait jamais plus rivaliser avec de jeunes beautés. À quoi bon avec un séducteur insatiable… Ce fut son bouclier à elle. C'est ainsi en tout cas que je l'ai pensé. J'ai imaginé sa souffrance de femme blessée, comme nous l'avons toutes été un jour, j'ai imaginé les crises et les disputes, j'ai deviné la solitude quand à la fin de sa vie, presque aveugle, venue dans les coulisses du Metropolitan Opera de New York, surprendre Montand dans sa loge pour le féliciter après son concert, l'épouse avait compris qu'une autre était dans la vie de son mari. Cette fois, c'était « du sérieux », comme dira plus tard un président de la République française. J'ai aimé aussi son côté pygmalion : Simone aimait son homme, elle l'a fait grandir, elle lui a ouvert l'accès à la culture, aux livres, au milieu intellectuel germanopratin. Enfin j'ai aimé l'auteure, notamment de son autobiographie, *La nostalgie n'est plus ce qu'elle était*. Je vous invite à voir ou revoir sa prestation face à Bernard Pivot dans la cultissime émission *Apostrophes* !

Ce jeudi, donc, Simone était l'invitée de son amie Anne Sinclair – qu'elle conviait d'ailleurs régulièrement avec son mari de l'époque, Ivan Levaï, dans sa maison de campagne normande. Cet *Invité du jeudi* se révéla être une partie de ping-pong verbal entre deux femmes aux tempéraments affirmés. C'est ce jour-là que j'ai vu débuter deux jeunes auteurs-compositeurs que Simone avait souhaité promouvoir : Alain Souchon – qui deviendra mon idole –, accompagné d'un certain Laurent Voulzy !

Anne Sinclair a-t-elle repensé à Simone et à l'épisode Marilyn, quand elle-même a traversé l'épreuve DSK ? Humiliée, surexposée, scrutée dans tous ses faits et gestes, elle a été immense de dignité, de self-control, de fidélité et de soutien à son désormais ex-mari. Quelle leçon ! Sans parler de l'attitude d'Ivan Levaï, son premier mari, qui a continué d'être un pilier sans faille, malgré leur rupture. Exemplaire. L'idée que l'on puisse garder des liens forts avec le père de ses enfants, que l'amour s'érige en fraternité, et que l'homme que l'on a aimé reste présent, autrement, dans un rôle protecteur, nous grandit dans nos chemins de vie croisés. Pierre et moi, nous avons su y parvenir, et je mesure cette chance tous les jours !

Christine Ockrent m'a beaucoup inspirée elle aussi. Un journalisme à l'américaine. Elle fut la première femme à s'imposer au JT de vingt heures dans les années quatre-vingt, et ce n'est pas rien ! Son look masculin-féminin, son élégance sobre et son sourire éclatant ont teinté l'information d'un soupçon de féminité et de modernité. Voilà pour l'image ! Le plus impressionnant restait son écriture, concise, synthétique, précise et son aptitude à dominer tous les sujets de politique étrangère. En un rien de temps, elle est devenue la « reine Christine », star de toutes les couvertures des journaux. Une véritable ockrentmania… Jeune étudiante à l'école de journalisme, j'en fis mon sujet de mémoire, en ayant le rêve secret d'interviewer tous les journalistes ou patrons de chaîne qui l'avaient côtoyée, pour décortiquer le phénomène Ockrent. Ce ne fut pas sans mal d'y parvenir… La reine Christine me donnait parfois rendez-vous à l'autre bout de la France, à Nice par exemple, où elle animait un colloque, ne se souciant ni de mes petits moyens ni du fait que j'habitais Bordeaux. C'était à prendre ou à laisser. Je me débrouillais, prenais un train de nuit et la retrouvais dans son hôtel, avec mon carnet et mon magnétophone. Pas vraiment beaucoup de temps à m'accorder, il fallait faire preuve d'efficacité et s'adapter… J'ai de meilleurs souvenirs avec la plupart de ses mentors ou collègues que j'ai eu le plaisir d'interroger, ils ont d'ailleurs tous accepté : parmi eux, Philippe Gildas. Alors grand patron d'Europe 1, flairant son talent et repérant sa diction parfaite, il lui avait confié la présentation du journal du matin, bien avant qu'elle ne rejoigne la télévision. Il se souvenait surtout qu'elle asphyxiait la rédaction en fumant ses petits cigares aux aurores en préparant son journal : autre époque ! Mais aussi Pierre Desgraupes, l'immense reporteur de l'émission mythique *Cinq colonnes à la une.* Je souhaitais m'entretenir avec celui qui fut l'ancien président d'Antenne 2. C'est lui qui, le premier, avait cru en elle et l'avait imposée à la présentation du journal malgré les réticences de la rédaction. Il n'avait plus qu'une fonction honorifique quand il m'a reçue. Je n'en menais pas large face à ce grand patron, chantre de l'indépendance, à la réputation sulfureuse, notamment lorsqu'il s'agissait de s'opposer aux pressions politiques. Ravi d'avoir de la visite et de remédier à son ennui, il m'a gardée plusieurs heures dans son bureau. Lui, le taiseux au caractère tranchant, pas vraiment très avenant – de l'avis de tous ceux qui m'avaient mise en garde –, s'est montré plutôt affable et bienveillant avec la journaliste en herbe que j'étais. Je garde précieusement les enregistrements de cette entrevue très émouvante. Et puis, le Graal : un dimanche entier à Antenne 2, accueillie par Claude Carré, le patron de la rédaction, et rédacteur en chef du JT de vingt heures de Christine, son plus proche collaborateur à l'époque. Claude a pris le temps de tout me montrer, les salles de montage, les conférences de rédaction, et d'échanger longuement... Vous imaginez mon excitation : j'étais au cœur du système Ockrent et je croisais en chair et en os les journalistes que j'admirais, Hervé Brusini, Claude Sérillon, Bernard Rapp, Dominique Tierce, Gérard Holtz aussi, déjà... Je n'oublierai jamais cette journée, et j'y repense systématiquement quand il m'arrive aujourd'hui de croiser des jeunes qui souhaitent, à leur tour, me rencontrer. J'attache toujours une grande importance à ne pas les décevoir. Claude Carré était très paternaliste, et le restera, puisque j'ai eu le plaisir de le retrouver à plusieurs reprises, plus tard, au cours de ma carrière. J'avais donc recueilli suffisamment de matière pour étoffer mon mémoire, restaient l'écriture et la mise en forme ! Le résultat fut au-delà de mes espoirs les plus fous : dix-neuf sur vingt ! Mes professeurs, bluffés, me choisiront d'ailleurs à la fin de l'année pour effectuer mon stage à Antenne 2.

C'était il y a plus de trente ans. J'ai eu l'émotion par la suite de revoir Christine dans la salle de maquillage, alors qu'elle s'apprêtait à faire son grand retour au journal de vingt heures. Elle était concentrée et stressée. L'heure n'était pas aux grandes retrouvailles. Puis nos chemins ne se sont plus vraiment croisés. Il faut dire que j'ai été appelée par d'autres sirènes, parfois loin du journalisme. Mais elle est toujours restée un exemple pour moi et l'une de celles qui m'ont donné envie de faire ce métier, même différemment. J'ai décidé de l'interviewer de nouveau récemment. Elle a accepté de répondre à mes questions à l'occasion d'un long entretien que j'ai souhaité lui consacrer, publié dans le troisième numéro de *S*, mon magazine féminin. Amusée et intriguée par ma proposition, et surtout par la folle aventure que représentait ce pari du groupe CMI de lancer un nouveau magazine féminin adossé à mon image, à ma personnalité et au fameux lien qui m'unit au public, dans le contexte actuel difficile de la presse écrite, elle s'est pliée à l'exercice avec professionnalisme et une sacrée dose d'humour, soulignant que bien qu'ayant soi-disant atteint à l'époque de la « reine Christine » le firmament, on ne lui avait jamais fait, à elle, ce genre de proposition… Je souhaitais bien sûr revenir sur sa brillante carrière, sur les obstacles qu'elle avait dû surmonter, sur ses rapports d'alors avec la gent masculine qui la voyait arriver en l'attendant au tournant, et sur son regard sur l'évolution de la société et la place des femmes aujourd'hui. C'était émouvant de se retrouver pour un nouveau tête-à-tête, presque quarante ans plus tard. Elle se souvenait de la jeune étudiante que j'étais à l'époque, tenace et coriace m'a-t-elle confié… Et prenait un malin plaisir à me renvoyer les questions que je lui posais, sur sa gestion du vedettariat par exemple. C'était drôle et pertinent, et j'avoue avoir été désarçonnée à plusieurs reprises. On ne lui a certes jamais confié de magazine féminin, mais je tiens à rappeler qu'elle a atteint le Graal de la profession en devenant patronne de *L'Express*, succédant quelques décennies plus tard à notre idole commune, Françoise Giroud, excusez du peu !

J'ai admiré aussi les pionnières en matière de grands reportages. Ces femmes journalistes, parfois mères de famille, comme Martine Laroche-Joubert, Isabelle Coste, Marine Jacquemin, Florence Schaal ou encore Mémona Hintermann, qui bravaient tous les dangers pour partir enquêter sur tous les fronts de guerre partout dans le monde. J'ai eu l'occasion d'en parler souvent avec Alexia Laroche-Joubert, aujourd'hui productrice et patronne d'une grande société audiovisuelle. Elle revoyait sa mère, par ailleurs présente et aimante, tout quitter pour partir à l'autre bout du monde, dès qu'une actualité brûlante survenait, irrésistiblement attirée et passionnée par son métier de journaliste, que rien, même pas sa fille, n'aurait pu retenir !

Devenir un modèle et une référence pour un certain nombre de femmes m'honore et m'oblige. J'y pense, en me préparant pour enregistrer une émission, en gardant la tête froide bien sûr. Je pense à toutes ces femmes, et m'interroge sur leurs éventuelles réactions. Elles sont dans mon cœur ! En résulte une responsabilité, l'obligation d'un comportement irréprochable. Je sais que je serai jugée sur tous mes faits et gestes. J'y veille dans ma vie quotidienne. Pas toujours évident de répondre favorablement à toutes les demandes, quand vous allez faire vos courses, que vous n'êtes pas apprêtée, et que vous avez l'esprit encombré par les problèmes du jour… D'autres ne sont pas toujours respectueux, oublient qu'il n'y a plus d'écran de télévision entre nous, et ne se gênent pas pour balancer un commentaire sous mon nez, comme si je ne les entendais pas… Des commentaires sur mon physique, par exemple : « Elle est plus petite qu'à la télé », ou « Elle fait plus jeune en vrai ! » (celui-là, je le reçois avec plaisir !), « Elle est plus souriante à l'écran » (ça, en général, c'est quand je suis confrontée à un épisode de vie agaçant ou dans un moment, intime, pendant lequel je n'ai pas envie d'être dérangée…). Je me souviens même d'un gynécologue, les lunettes au bout de son nez, en plein examen, plus concentré sur mon visage en cherchant où il avait bien pu m'avoir croisée, que sur la partie de mon anatomie la plus intime… Il finit par m'avouer, soulagé, en relevant ses lunettes : « Ah ! je savais bien que je vous avais déjà vue quelque part ! » Il y a des moments où l'on aimerait se cacher dans un trou de souris ! Il s'agit alors de garder son calme…

La nouveauté, ces dernières années, ce sont les portables et les réseaux sociaux. Il faut sans cesse redoubler de prudence, et se méfier des instants volés… Cela prive d'une certaine liberté et oblige à tenir compte de ce facteur dans tout ce que j'entreprends. Sans oublier les fameux selfies ! D'une part je ne suis pas toujours à mon avantage, d'autre part je ne maîtrise pas l'utilisation qui en sera faite. Faut-il accepter et passer pour une fille sympa, ou refuser et provoquer des réactions négatives ? La réponse n'est pas toujours simple, en fonction des situations dans lesquelles vous vous trouvez... Quant aux magazines people, qui vous livrent en pâture avec des titres mensongers et racoleurs... je les attaque systématiquement en justice, mais cela ne freine pas pour autant leurs ardeurs... Et pour cause, ils vendent plus que ce que les procès ne leur coûtent ! Je me passerais de tout cela bien sûr, comme s'il fallait payer la rançon du succès. C'est l'autre revers de la médaille de la notoriété. « La gloire est le deuil éclatant du bonheur », disait Madame de Staël. Je ne peux qu'approuver !

Un œil qui frise !

« L'humour renforce notre instinct de survie et sauvegarde notre santé d'esprit. »

Charlie CHAPLIN

Je suis une rieuse, et je le revendique ! Comme j'ai déjà eu l'occasion de le dire, l'humour est une sorte de politesse. Il permet souvent de masquer des fragilités, des doutes, des déchirures intérieures. Je suis attirée par les esprits fins, dotés de cet œil qui frise, toujours prêts à dégainer une réflexion au troisième degré, ou à se sortir d'une situation embarrassante ou délicate par une pirouette humoristique. Même si la vie ne m'a pas épargnée, j'ai toujours été une grande rieuse. Dans ma famille, on me surnommait Miss Ricanette. Je partageais ce sobriquet avec ma cousine germaine, avec laquelle j'avais des fous rires interminables pour un oui ou un non, souvent motivés par des situations absurdes. Figurez-vous que je n'ai pas changé. Vous le constatez tous les jours, si vous êtes des fidèles de mon émission quotidienne *Affaire conclue*. Je me moque de moi avant tout, de mon manque de logique, ou de mes maladresses. De ceux qui m'entourent aussi, ou de mes invités, mais avec une constante : l'absence absolue de jugement ou de méchanceté. Les grincheux qui me critiquent, s'offusquant de mes frasques, ne comprennent pas la plaisanterie. Ceux-là manquent sérieusement de discernement. Animer une émission, c'est lui donner une âme. J'ai toujours été sincère et spontanée, j'ai beaucoup travaillé en direct, et mes bafouillages, mes bourdes, ou mes étourderies, ont alimenté des années de bêtisier… Le rire est contagieux et nous rapproche, me semble-t-il. Lorsque le président de Warner France, Jean-Louis Blot, m'a proposé d'animer *Affaire conclue*, il a prononcé une phrase magique, qui a provoqué mon adhésion : « Fais de cette émission ce que tu es ! » Banco ! j'ai compris ce que je pouvais en faire. Il faut avouer qu'au début j'étais sceptique. Stéphane Bern avait d'abord été pressenti, plus habilité que moi à parler des objets et à les replacer dans leur contexte historique. Il avait même tourné un pilote, et a fini par refuser pour des raisons qui lui sont propres. Je n'étais pas vraiment conquise par la version allemande que me soumettait Jean-Louis, pourtant un véritable succès d'audience depuis plusieurs saisons. Un concept très linéaire, avec aux commandes un présentateur moustachu arborant une chemise à carreaux, un ton docte et sérieux, bref une version ennuyeuse, selon moi, et ne correspondant pas aux attentes du public français. Je me suis donc dit que je pouvais en faire autre chose en étant moi-même, c'est-à-dire spontanée, curieuse, rieuse, drôle et surprenante si possible, créative et proche des anonymes qui se déplacent pour vendre des objets. Jean-Louis a eu l'intelligence de m'entourer de commissaires-priseurs compétents, dotés de vraies personnalités, et d'acheteurs hauts en couleur, chacun dans un genre différent. Vous avez adhéré tout de suite. Cette émission vous ressemble, vous vous l'êtes appropriée et vous êtes des membres de notre famille. Vous n'imaginez pas mon plaisir lorsqu'en arrivant, vous rebondissez sur la blague que j'ai faite la veille à Jérôme, l'un de nos commissaires-priseurs, avec lequel j'ai tissé une complicité immédiate : il faut dire que son œil frise autant que le mien ! Idem avec Patricia, professionnelle très prisée, reconnue et respectée, actionnaire de la salle de vente Drouot, qui n'hésite pas à prendre la balle au bond et à partir dans des délires irrésistibles de drôlerie et de folie à chacun de mes sous-entendus…

J'ai noué des liens différents avec chacun d'entre eux, en fonction de leurs caractères et de leurs personnalités, ce qui d'ailleurs apporte un peu de piment. J'en ai fait des personnages : Harold, le gendre idéal à la diction parfaite ; Enora, sérieuse et prudente, premier degré, avec un côté maîtresse d'école prête à taper sur les doigts de l'indisciplinée que je prends un malin plaisir à jouer à ses côtés ; Delphine, la professeure au charme provincial et au langage choisi qu'on aurait adoré avoir ; Marie, la Versaillaise, jeune mariée, pas si classique qu'elle en a l'air ; Dorothée, la magnifique Bretonne, avec un faux air de Meryl Streep et une personnalité un peu éthérée ; Yves, un autre Breton, prêt lui aussi à me suivre avec malice dans mes digressions ;

Bertrand, avec sa mèche et son flegme de surfeur, issu d'une longue lignée de commissaires-priseurs, les Cornette de Saint Cyr, jamais à court d'anecdotes passionnantes ! J'ai besoin de repérer leurs aspérités, leurs dissemblances pour les mettre en valeur, et jouer une partie différente avec chacun d'entre eux. Et vous, téléspectateurs, complices, vous adorez, vous en rajoutez, voire vous attendez ces échanges comme vous regarderiez une sitcom ! Je nourris ma culture générale autant que vous auprès de ces spécialistes de l'histoire de l'art, en étant votre porte-parole, et en formulant les questions que vous aimeriez poser. J'aime cette idée que l'on puisse donner au plus grand nombre un accès à la culture dans une ambiance sympathique et joyeuse, sans se prendre au sérieux. La culture est selon moi trop souvent réservée à des élites, présentée par des élites, d'où les faibles scores d'audience. Les téléspectateurs ne s'y reconnaissent pas ! L'écueil à éviter, c'est de ne pas rester dans l'entre-soi, la « private joke », mais de vous prendre par la main et de faire de vous des complices ! Je crois que nous y sommes parvenus, si l'on en juge le niveau des audiences, du jamais-vu à cette heure-là sur France 2 ! À l'opposé de la télé-réalité, très en vogue par les temps qui courent, ce programme, c'est la réalité à la télé. Je ne suis pas peu fière de ma formule ! Nous sommes dans la vraie vie, nous parlons d'objets que des téléspectateurs ont peut-être chez eux, nous musclons leur culture générale dans une ambiance bon enfant et bienveillante ! Avec les acheteurs, j'ai découvert un univers différent, constitué de gens entiers et passionnés, pour la plupart formés sur le tas, à l'école de la vie : tous ont fréquenté les brocantes, les salles de vente, les antiquaires, tous ont le sens de la vente et du commerce, la connaissance du marché et des attentes de leurs clients… loin des animateurs de télé ou des journalistes, que j'avais jusque-là croisés dans ma vie professionnelle. Tous ont été recrutés intelligemment par la production pour leurs profils et leurs parcours très différents. Ils ont tous en commun la curiosité des autres, et forment une sacrée équipe d'individus au tempérament bien trempé, parfois indomptables. Julien, le beau gosse aux lunettes bleues, homme d'affaires redoutable à la tête de plusieurs entreprises qu'il a créées, propriétaire de plusieurs boutiques aux puces de Saint-Ouen et à Bruxelles, dégaine ses billets en toute circonstance, sans états d'âme. Pierre-Jean, le collectionneur fou, féru d'histoire, en particulier de Napoléon Bonaparte, ne ménage pas sa fantaisie et ses dépenses pour meubler son fameux palais Vivienne, qui se présente à l'antenne avec ses jeans troués et ses bijoux imposants que personne d'autre n'oserait porter, au risque de paraître trop ostentatoire ! Vous vous êtes habitués à ses tenues excentriques, ses énormes diamants, ses digressions parfois osées, ses orientations sexuelles clairement affichées... Vous vous en amusez car vous percevez derrière tout cela une vraie compétence historique et surtout une sincérité touchante !

Hélas, ses excès l'ont rattrapé. Malgré mes mises en garde systématiques, il s'est laissé aller sur les réseaux sociaux à des commentaires parfois désobligeants ou déplacés qui lui ont valu une mise à pied de la part de la direction de France 2. Il faut dire que ces acheteurs ont été livrés du jour au lendemain au vedettariat, sans formation préalable. Ils usent ou abusent de leur notoriété soudaine, et commettent de ce fait quelques impairs ! Il y a aussi Caroline Margeridon, véritable canon de beauté, avec ses pantalons très serrés, ses talons très hauts, son teint hâlé, ses trois B... Voici comment elle se qualifie, non sans humour : trop blonde, trop bronzée, trop bijoutée, et pourtant, une mentalité de mec, qui ne s'en laisse pas conter ! Chef d'entreprise depuis l'âge de quinze ans, propriétaire de trois boutiques au marché Biron des puces de Saint-Ouen, elle a tout fait, tout connu, tout vu. Un sacré phénomène, plus tendre, plus profonde, plus fragile qu'il n'y paraît ! Au début, j'ai gardé mes distances, intriguée par son image de femme fatale et par sa manière d'appeler tout le monde « mon chéri », « mon amour » et de faire des « calinoux »... Vous la connaissez bien puisqu'elle est très active sur les réseaux sociaux, passant ses nuits d'insomniaque à vous répondre... J'ai découvert au fil des mois une femme généreuse, intelligente, indépendante, qui a mené sa barque toute seule, et comment... et surtout une amie extraordinaire. Nous sommes devenues d'inséparables complices, toujours prêtes à nous moquer, avant tout de nous-mêmes.

Il y a encore Anne-Catherine, la chouette fille qu'on aimerait avoir comme confident ; François, ébéniste de profession, fils de brocanteur, un vrai de vrai, fin connaisseur du marché ; Bernard, et son flegme provincial, passionné de « militaria », brocanteur en Dordogne ; Paul, et son accent du Sud, antiquaire à Marseille et à L'Isle-sur-la-Sorgue ; la jolie, raffinée et élégante Diane, vendeuse sur la Toile ; Caroline Pons, avec son aplomb, ses certitudes, et ses dépenses faramineuses ; la ravissante Marie, brocanteuse dans le Perche ; Damien, dont la beauté et l'élégance égalent la compétence ; Johan, le rocker auvergnat qu'on n'aurait pas imaginé passionné par les objets ; François-Xavier, le dandy cosmopolite, artiste, créateur de bijoux, chanteur, et marchand accessoirement, entre deux séjours à Bali. Et nos deux Belges : Stéphane, brocanteur à Bruxelles, adorable gros nounours à l'humour décalé, et Gérald, présentateur à la RTBF et décorateur à ses heures. Nous devons tous à Stéphane un mémorable séjour à Bruxelles, dans son fief, où nous avons reçu un accueil incroyable de la part du public belge. Nous nous prenions pour des rock stars lâchées dans la foule ! Voilà pour ceux que vous voyez le plus souvent.

En outre, ce programme est aujourd'hui la seule émission du PAF où tout le monde peut avoir sa chance de passer à l'antenne, sans casting initial. Les invités ne sont pas sélectionnés, seuls les objets le sont. Je vous reçois tels que vous êtes, quels que soient vos origines, votre profession, votre statut social, votre âge. Je mesure que certains d'entre vous se déplacent pour recueillir de quoi mettre du beurre dans les épinards, comme ils disent, pour pouvoir tenir jusqu'au versement de leur prochain salaire, ou se constituer une cagnotte pour financer des extras qu'ils n'ont pas les moyens de s'offrir en temps normal. Je prends un vrai plaisir à animer ce programme. Des années d'expérience me permettent d'être à ce point moi-même.

Il y a quinze ou vingt ans, j'aurais été moins audacieuse, plus scolaire. Je profite de ce fameux lien que j'ai tissé avec vous depuis toutes ces années pour me laisser aller à quelques excès… Et puis, cerise sur le gâteau, je n'aurais pas imaginé que des personnes se déplaceraient aussi pour le plaisir et l'envie de me rencontrer, comme on visite une sorte de monument historique ! Eh oui, nous ne sommes pas si nombreux à pouvoir revendiquer cette longévité : Michel Drucker, bien sûr, le taulier, notre maître à tous,

Nagui, Élise Lucet, Laurent Ruquier... on nous compte sur les doigts d'une main... Et j'en suis extrêmement fière et touchée. C'est une sorte de retour sur investissement. J'ai toujours été une bonne camarade de jeu, et très cliente de l'humour de mes compagnons de travail. Dès le début.

Je me relevais d'un passé récent difficile quand j'ai commencé à présenter la météo sur Antenne 2, puisque j'avais perdu ma mère quelques années auparavant. L'ambiance était triste et douloureuse chez moi, entre mon père et mon frère. Nous peinions à trouver de nouveaux équilibres familiaux. J'avoue avoir vécu mes débuts à Paris, dans l'ambiance conviviale de *Télématin*, comme une bouffée d'oxygène. Je me retrouvais dans une équipe soudée et joyeuse, avec à sa tête un sacré personnage qui n'était pas le dernier à user de son charme et de son humour : Roger Zabel. Il a vite trouvé en moi une petite sœur complice et friande de ses blagues. Les souvenirs de facéties et de fous rires ne manquent pas, surtout quand nous exportions le direct en province, dans la région bordelaise, ou dans un sous-marin nucléaire à Brest. C'est important d'être entourée par des personnes de qualité quand on débute, et je dois reconnaître que j'ai été joliment servie. À cette époque – je vous parle quand même du siècle dernier –, le service météo était dirigé par Laurent Cabrol, pour lequel j'ai éprouvé un coup de foudre immédiat : la simplicité, la gentillesse, l'humilité incarnées ! Bien que très pro et très investi, Laurent est toujours resté en dehors du milieu médiatique parisien, plus proche de ses origines paysannes. Lucide, drôle, original, bon vivant, souvent décalé, Laurent m'a tout de suite alertée sur les écueils liés à l'exposition médiatique et sur la vanité et la superficialité de ce milieu. Il m'a enseigné les leçons qu'il avait tirées de son expérience, et je me suis reconnue dans sa simplicité et son authenticité. Nos origines provinciales nous rapprochaient, notre amour de la gastronomie et du bon vin aussi. Nous avions beaucoup de déjeuners de travail dans les bistrots auvergnats ou aveyronnais qu'il adorait. Je préférais passer des heures en sa compagnie, plutôt que de fréquenter des cercles plus mondains. Et je lui faisais raconter ses souvenirs de sa collaboration avec Pierre Bonte, à l'époque de *Bonjour monsieur le maire*, émission culte sur Europe n° 1, quand il parcourait la France pour lui rapporter le bon sujet savoureux. Curieuse, passionnée par ce métier, j'ai toujours beaucoup aimé questionner mes aînés sur leurs expériences et leurs souvenirs. On apprend beaucoup en écoutant ! Grâce à lui, je me suis vite sentie immunisée contre la « grosse tête ». Nous avons adoré travailler et rire ensemble.

Ma rencontre la plus importante reste William Leymergie. Je lui dois beaucoup. J'ai grandi, évolué, mûri à ses côtés. De lui, j'ai appris énormément. Nous nous sommes observés, reniflés, évalués les premières semaines, avant de devenir inséparables. Il retrouvait la présentation de *Télématin*, après avoir été évincé injustement du journal de treize heures. Il avait pourtant remporté la bataille de l'audience face à Yves Mourousi. Tout dans son comportement traduisait son immense déception et j'imaginais aisément les couleuvres qu'il avait dû avaler pour accepter de retourner à la présentation de *Télématin.* Je le connaissais de loin. Je le trouvais froid et distant. Et je redoutais de ne pas retrouver la complicité et la franche rigolade qui caractérisaient mes joutes avec Roger Zabel. Au début, l'ambiance était délicate. William impressionne quand il a décidé de ne pas forcément vous mettre à l'aise ! Il a mis du temps à baisser la garde. Il a fallu amadouer et séduire le fauve blessé... Nous nous sommes vraiment découverts en allant tous les jours après *Télématin*, à neuf heures, déguster une entrecôte au bistrot auvergnat du coin, avec toute l'équipe. William a fini par oublier la pression du treize heures et par se détendre à notre contact. Les anecdotes et les blagues fusaient. Et un lien indéfectible s'est créé entre nous. Là encore, nous nous sommes reconnus, pour des raisons différentes ! Rien à voir avec le profil de Cabrol, mais un autre genre de regard décalé sur ce métier, des analyses fines, sensées, ironiques, une exigence de qualité et de créativité sur le fond et la forme, et le souci permanent d'élever le téléspectateur, à l'image de son mentor, Jacques Chancel. Les deux, Laurent et William, bien que très différents, s'apprécient beaucoup d'ailleurs. J'ai fini par souscrire totalement à son élégance british, à son professionnalisme, à son humour au troisième degré, à sa finesse, à sa culture... et je suis devenue pour lui, je pense, au fil des ans, une sorte de petite sœur.

Dix ans après mes débuts, il m'a choisie pour présenter l'émission d'accompagnement que la chaîne lui avait demandé de produire, *C'est au programme*. Véritable pygmalion, il a fait de moi sa « créature ». Il m'a façonnée, encadrée, guidée. J'ai passé des heures et des heures à le questionner avec bonheur sur son passé, ses expériences personnelles ou professionnelles, ses goûts littéraires ou cinématographiques, son amour des artistes, de leur travail, de leur mise en danger, son regard sur les femmes… J'ai eu le privilège extrêmement rare d'intégrer son cercle familial… et de voir ses fils grandir et ses petits-enfants naître. J'ai même failli accoucher de mon fils sur le tapis de sa maison de campagne… Bref, nous sommes et resterons très proches, à vie !

Nous avons travaillé ensemble pendant vingt ans. Comme dans un couple, un vieux couple, il y eut des hauts et des bas, des échanges parfois musclés, des portes qui claquent et surtout, et en majorité, de nombreux moments de plaisir et de complicité. Nous nous donnions en spectacle devant une équipe de production souvent amusée ou médusée. Les parties de ping-pong s'enchaînaient. Je regrette qu'une caméra cachée n'ait pas saisi ces moments de rire ou de dispute, irrésistibles. Je devais batailler parfois pour le convaincre et imposer mes points de vue, mais je ne lâchais pas, et lui, savait rendre les armes quand il finissait par me donner raison. Quels que soient les accrochages, parfois même après avoir perdu la partie, je revenais toujours vers lui, respectueuse, pour faire la paix. Je ne suis pas une adepte du conflit, loin de là, et je n'aurais pas supporté de me fâcher durablement avec William. Il restera celui qui m'a donné la chance de déployer mes qualités et mes atouts. Il se méfiait parfois de mon naturel et de ma spontanéité à l'antenne. Il faut dire que rien ne m'amusait plus que les surprises et les incidents liés au direct, alors que lui, préférait tout contrôler et maîtriser. En cela nous sommes différents. Plus d'une fois, il a redouté les débordements et les sorties de route, jusqu'à ce qu'il se rende compte que, à ma manière, je maîtrisais et posais des limites. Les dérapages étaient relativement contrôlés, sinon il y a belle lurette que j'aurais quitté le petit écran ! Le direct au quotidien suppose une certaine rigueur, et la nécessité de savoir s'adapter à toutes les situations. Les retrouvailles au maquillage, tous les matins, restent mémorables. Le feuilleton reprenait chaque jour, dans une humeur différente. Son œil critique, ses commentaires sur mes tenues – « Tu n'es jamais mieux qu'en bleu marine, ça met en valeur ton visage » ; « Pourquoi toutes ces fanfreluches ? Opte pour la sobriété, sinon l'attention est perturbée par des signaux trop envahissants... » ; « Pas trop de fond de teint, ça creuse tes traits, et ça te vieillit », etc. –, ses remarques sur mes états d'âme... rien ne m'était épargné. J'en riais, j'en pleurais parfois. Et les maquilleuses, patientes et indulgentes, réparaient les outrages causés par des larmes de rire ou de tristesse. Et puis, partagé entre l'agacement et la fierté, il m'a vue grandir et lui échapper en relevant d'autres défis. Cela n'a pas été facile, ni pour lui ni pour moi, mais je commençais à me sentir à l'étroit, à éprouver le besoin de me mettre autrement en danger. Il me reprochait alors d'avoir « tué » le père... Je lui répondais que pour un père soi-disant mort, il avait l'air bien vivant ! Je lui suis reconnaissante pour tout ce que je lui dois ! Et je n'oublierai jamais ses yeux humides derrière le rideau du *Vivement dimanche* de Michel Drucker qui m'était consacré, avant que nous fassions notre entrée tous les deux sur le plateau. Il était plus ému que moi... et fier, je crois ! Hélas nous ne nous voyons plus au quotidien, puisqu'il a fait d'autres choix et a quitté France 2 pour de nouvelles aventures, redoutant la chasse à l'homme blanc de plus de cinquante ans ! Mais rien n'a changé lorsque nous nous revoyons, nous reprenons la conversation où nous l'avions laissée trois mois auparavant. Ce qui caractérise notre mode de fonctionnement, c'est cette manière de tout prendre en dérision. Il est toujours inspiré à mon sujet, quel que soit le domaine abordé, professionnel, personnel ou sentimental... Il vient aux nouvelles, et se moque tendrement. Je devance ses réactions et ses commentaires, le connaissant par cœur ! Et je ne suis pas la dernière à rire de mes péripéties souvent rocambolesques...

Dans mon cercle familial, l'humour n'est pas en reste. Je suis toujours le sujet principal de moqueries de Pierre et de mes enfants. Ils s'en donnent à cœur joie. Ils s'amusent de mes errements, de mon manque de logique ou d'efficacité au quotidien, de mes petites manies (des placards trop remplis et mal rangés, un frigidaire trop plein, prêt à affronter la pénurie la plus totale, la peur de manquer, une tendance parfois pessimiste à considérer le verre à moitié vide, alors que tout va pour le mieux, l'utilisation de cirage noir pour maquiller les rayures de ma voiture, qui disparaît à la première goutte de pluie…), de ma façon d'employer un mot à mauvais escient, de mélanger, étourdie, deux expressions usuelles de la langue française (dire par exemple « ils n'ont pas froid aux oreilles », plutôt qu'aux « yeux »…). Ils sont capables de s'appeler pour se raconter mes mésaventures et en font leurs choux gras ! Je suis bonne cliente et n'en prends pas ombrage, considérant que c'est une manière comme une autre de s'intéresser à moi. Et puis, garder le sens de l'humour et de l'ironie après une séparation forcément douloureuse pour tout le monde permet d'adoucir les situations, de prendre du recul, et de faire passer des messages plus habilement. Pierre et moi, nous n'avons rien perdu de cette complicité, devenue tendre et fraternelle.

L'humour, oui, et une adhésion à un esprit un peu potache, pratiqué dans les salles de garde, ou dans les vestiaires des troisièmes mi-temps... mais aussi sur les plateaux de télévision... Mes collègues masculins se sont toujours amusés de ma propension à rebondir volontiers sur leurs blagues coquines, voire salaces. Certaines femmes peuvent s'en offusquer et jouer les prudes. Moi, je m'en délecte et je ne suis pas la dernière à en rajouter, ce qui fait de moi une bonne partenaire de rigolades, en général avec ces messieurs, plus friands de cette pratique. J'aime cet esprit goguenard, égrillard, paillard, et tellement français, à condition qu'il soit pratiqué avec une certaine finesse, sans verser dans la grossièreté. L'écriture de Frédéric Dard, les dialogues de Michel Audiard... Suggérer, sous-entendre... Très jeune déjà, je surprenais mon entourage, notamment mes grands-parents directeurs d'école, car je connaissais par cœur les chansons paillardes que mon père chantonnait avec ses étudiants... Sans oublier les inoubliables succès de Georges Brassens, immense auteur, volontiers provocateur, que je reprenais à tue-tête, de *Fernande* au *Gorille*, en passant par *Quatre-vint-quinze pour cent*, dont je ne comprenais pas forcément, à quatre ans, toutes les subtilités, et tous les sous-entendus... Ne sommes-nous pas, nous Français, les héritiers de Rabelais ? N'excellons-nous pas dans l'art du marivaudage ? Ne sommes-nous pas connus pour notre goût de la séduction et des plaisirs charnels ? Je me revendique de cette lignée et pratique avec gourmandise cet art du sous-entendu, en ne bridant ni mes propos ni mon œil coquin.

Certains d'entre vous apprécient ces allusions parfois grivoises... D'autres, qui manquent peut-être d'humour et ne pratiquent pas le troisième degré, s'en passeraient volontiers... Mais dans l'ensemble, quand j'ai le plaisir de vous rencontrer, vous saluez le sourire et la joie de vivre que j'affiche depuis toujours. Les plus seuls ou les plus isolés d'entre vous les accueillent comme un cadeau, j'en suis consciente, et ça me fait plaisir d'imaginer que je vous apporte un peu de bien-être au quotidien. Cela ne vous empêche pas de saisir parfois un regard plus mélancolique et plus profond qui traduit une tristesse ou des blessures intérieures, ce qui nous rapproche aussi probablement. Nous nous ressemblons, avec nos forces, nos fragilités, nos questionnements, nos doutes et nos faiblesses, nos excès, tout ce qui caractérise un être humain en somme !

Gourmande de la vie

> « Croyez-moi ! Le secret pour récolter la plus grande fécondité, la plus grande jouissance de l'existence, consiste à vivre dangereusement. »
>
> Friedrich NIETZSCHE

Nous les Français, avons la particularité de passer pour de bons vivants. Les étrangers nous caricaturent avec un béret, une baguette, et une bonne bouteille de vin. Nous passons pour des épicuriens, des râleurs, des emmerdeurs, mais on ne saurait nous reprocher de ne pas savoir profiter de la vie. Comme vous, je ne manque pas de saisir les moments magiques et les petits plaisirs extraordinaires qu'elle nous offre.

Encore faut-il savoir les reconnaître et les savourer ! Et cette assertion prend toute sa dimension dans un contexte de pandémie, où chaque jour on apprend la disparition d'une connaissance ou d'un proche, où la survie d'un être cher ne tient parfois qu'à un fil relié à une machine respiratoire, où la meilleure protection de soi et des autres consiste à se tenir à distance des gens que l'on aime.

Ce temps de repli sur soi et de pause forcée est justement l'occasion de mesurer notre chance d'être vivants et en bonne santé, et d'être d'autant plus attentifs à ces petits bonheurs qu'on ne prend plus le temps d'apprécier dans la précipitation de nos existences, en période habituelle. Profitons-en pour prendre le temps de cuisiner, de regarder nos enfants autrement, prêtons-nous avec eux à des activités ludiques dont nos emplois du temps surchargés nous privent en temps normal.

C'est le moment aussi d'entrer différemment en lien avec nos amis, nos anciens, de faire durer les conversations téléphoniques… Cette situation, malgré les drames que nous apprenons tous les jours, peut aussi présenter quelques aspects positifs… Bien qu'encore taraudée par quelques vieux démons que je ne cesse de combattre, je finis, avec les années et l'expérience, par, enfin, ne plus considérer que le verre à moitié plein ! Et il est vrai que j'apprécie que ce verre soit rempli d'un bon vin blanc – n'en déplaise aux puristes – accompagné de glaçons, bien refroidi (ça doit apaiser ma nature un peu trop enflammée !). Peut-être partagez-vous avec moi un penchant pour ce petit vin blanc qu'on boit sous les tonnelles, quand les filles sont belles, comme le dit la chanson… Rien de mieux pour réjouir mon palais connaisseur et gourmet qu'un menetou-salon, un chablis, un graves, un vin plutôt minéral, sec et fleuri. Ou alors un rosé, bien clair, bien sec, un bandol ou un côtes-de-provence, siroté au soleil si possible, sur le pont d'un bateau, avec la mer à l'horizon et des gens que j'aime autour de moi, ou sur la terrasse d'un bistrot parisien – vieux souvenirs lointains et révolus, en cette période de confinement… Je lutte pour ne pas céder au pessimisme ambiant ! Je réserve les vins rouges, de préférence des bordeaux (eh oui, le palais a conservé quelques atavismes !), aux dîners, pour accompagner des viandes ou des plats plus roboratifs. Et vous ?

Ayant grandi dans la région bordelaise, j'ai été à bonne école, dans les jupes de ma grand-mère paternelle, excellente cuisinière, capable de faire des miracles avec trois fois rien... Elle avait l'art d'enchanter nos papilles, en donnant du goût à tout ce qu'elle préparait. Je la revois, avec son tablier qu'elle ne quittait pas de la journée, passer du comptoir de son commerce, son « bar-tabac-librairie-bonbons », et des conversations interminables et animées avec ses clients, qu'elle connaissait tous par leur nom ou leur prénom (à l'époque, on savait prendre le temps dans les petits villages et l'anonymat n'existait pas, on vivait en lien avec les autres...), à sa cuisine, dans l'arrière-boutique. Sur sa vieille cuisinière en fonte, alimentée par des bûches de bois sec, mijotaient toujours un fond de sauce composé de restes de jus de différentes cuissons, une sauce tomate maison, avec les tomates « du jardin », comme elle le précisait, ou des oignons colorés à souhait, baignant dans l'huile et qui n'attendaient que d'être ajoutés à une préparation. C'était l'époque du poulet du dimanche doré et savoureux et des frites maison, cuites à l'huile dans un large récipient en fonte, ou dans de la graisse d'oie. Je suis sûre que vous aussi vous avez en tête des goûts et des odeurs qui vous rappellent les moments particuliers de votre existence. Je garde le goût de ces frites mémorables, telle une madeleine de Proust, et je passe mon temps soit à tenter de les reproduire, soit à écumer les bistrots en espérant les retrouver (je me suis d'ailleurs juré de faire un jour un guide des bistrots proposant les meilleures frites maison et les meilleurs œufs-mayo !). Le lundi à midi, on dégustait les restes de poulet qu'elle avait fait revenir justement avec les fameux oignons colorés (surtout pas noircis, cela donne un goût amer)... Elle excellait dans l'art d'accommoder les restes : on ne gaspillait pas, en ce temps-là, on avait connu la guerre et ses privations, on réutilisait tout ! Les restes de pot-au-feu par exemple : elle en faisait des croquettes en mélangeant des bouts de viande effilochés, des oignons revenus, et des pommes de terre écrasées, le tout assaisonné avec un fond de bouillon, puis elle façonnait à la main différentes portions rectangulaires, qu'elle roulait dans la farine, avant de les plonger dans une couche généreuse d'huile brûlante pour obtenir une enveloppe extérieure croustillante. Servies avec une salade, ses croquettes étaient un délice !

Je la revois préparer sa pâte à crêpes en y ajoutant de la bière et du pastis (pour les alléger et les parfumer), et les faire sauter pendant des heures, l'idée étant d'en faire beaucoup pour régaler aussi les clients qui avaient la bonne idée de se trouver au magasin à ce moment-là. C'était gai, chaleureux, et convivial ! Si je réfléchis bien, la plupart des produits que nous mangions venaient du potager, du poulailler, de la cueillette ou de la chasse, autre époque là encore, mais on y revient avec les locavores !

J'adorais ces ambiances et ces préoccupations qui, la plupart du temps, concernaient le menu du prochain repas… L'automne, j'aimais accompagner mes grands-parents dans la forêt le dimanche après-midi, seul moment de repos de la semaine qu'ils s'octroyaient (!), pour aller chercher et ramasser des cèpes, les fameux *Boletus edulis,* ou cèpes de Bordeaux (qu'on ne trouve pas qu'à Bordeaux et dans la région, sachez-le !). Quel plaisir d'apprendre à repérer les « bons endroits » – des sous-bois composés de chênes, de châtaigniers, de mousse, de fougères –, qu'il ne fallait surtout pas divulguer, pour ne pas subir de déconvenue, et éviter que quelqu'un d'autre ne soit passé avant nous... Nous avions nos « endroits » ! Et j'étais très excitée à l'idée de devoir garder ce secret ! Et que dire de ses foies gras, de ses magrets de canard, de ses confits d'oie, de ses clafoutis aux cerises, de ses gratins de blettes... tout était inoubliable ! Mon palais s'est donc forcément éduqué au contact de ces merveilles, et j'ai appris à tout reproduire. Des ramassages de cèpes et de la découverte de nouveaux endroits, y compris dans ma campagne normande, aux cuissons magiques. Et j'avoue, si j'en crois les commentaires élogieux de mes invités, ne pas trop mal me débrouiller ! J'ai la chance d'avoir voyagé depuis... et d'avoir inscrit dans mon patrimoine culinaire d'autres influences, plus cosmopolites. J'adore la cuisine asiatique, par exemple, thaïlandaise, chinoise ou japonaise. J'aime les ceviches, les carpaccios de viande ou de poissons que j'agrémente d'une bonne huile d'olive, de citron et d'herbes aromatiques, les mélanges de saveurs et de textures : sucré-salé, mou-croustillant, cru-cuit... Ma cuisine, à mon image peut-être, présente un caractère pétillant, sur un fond de respect des traditions. Je n'ai pas le temps de cuisiner tous les jours, mais il est rare que je me prive d'un bon petit repas, même seule, même quand je travaille. J'ai la chance d'avoir un organisme et une énergie qui brûlent tout, et je fais du sport pour éviter de prendre du poids. Pas du sport en salle, quelle horreur, pour moi, de me retrouver en tenue moulante et fluo parmi d'autres, d'obéir aux injonctions d'un coach, de devoir respecter des horaires : je suis une sauvage et je préfère me retrouver en tête à tête avec moi-même au fond d'une piscine, ou aller marcher seule au bord de la mer, ou dans Paris. J'en profite pour faire le point, hiérarchiser les priorités, éliminer le superflu, trouver une réponse à une problématique, et dépolluer mon organisme du stress accumulé pendant les directs ou les enregistrements. Difficile parfois de se faire violence, de vaincre sa paresse et de se résoudre à aller nager ou marcher. Mais je vous garantis que les sacrifices en valent la peine, et que, bien que fatiguée quand j'y vais, j'en ressors toujours pleine d'énergie, mon disque dur remis à zéro.

La cuisine et la bonne chère occupent donc une place majeure dans ma vie. J'ai eu la chance de côtoyer des grands chefs chaque jour dans *C'est au programme*, j'ai beaucoup appris à leurs côtés, et je picore dans mes souvenirs quelques-unes de leurs recettes ou de leurs astuces. J'ai transmis avec bonheur et fierté cette passion à ma fille, qui semble bien partie pour perpétuer la tradition familiale et s'est même lancée dans un blog culinaire, souhaitant devenir journaliste gastronomique. Mon fils n'est pas en reste, d'ailleurs, et régale sa petite amie et ses copains, lui aussi, de ses préparations. Je ne suis pas du genre à organiser des dîners mondains, professionnels, qu'il faut prévoir, en lançant des invitations, en réfléchissant aux plans de table, et pour lesquels il faut se casser la tête en matière de préparation et d'organisation. Mes invitations sont en général spontanées et réservées à mon cercle amical, pas plus de huit personnes à ma table, pour pouvoir profiter de tout le monde. Au-delà, les échanges me semblent stériles. Je reçois peu, mais bien, en me concentrant plus sur le contenu potentiel de l'assiette que sur l'apparat et le décorum qui l'accompagnent. Les dîners sont joyeux, bien arrosés, et se terminent parfois par des fêtes improvisées. Tout est prévu pour démarrer au quart de tour, dès que l'ambiance est propice : les playlists ne demandent qu'à se rendre utiles, on pousse les meubles, et je ne suis pas la dernière à me trémousser, à danser le rock, le zouk, la salsa, rien ne m'arrête lorsque j'ai la chance d'avoir un ou plusieurs danseurs sous la main. C'est tellement magique de bien s'entendre avec un partenaire, tellement de choses s'expriment alors. Je déplore que l'art de danser à deux se perde, que les jeunes générations rechignent à l'apprendre et je regrette que les vrais bons danseurs se fassent si rares. On devrait enseigner ces danses de salon à l'école, en alternance avec les cours de gymnastique. La danse est aussi un bon moyen pour les plus âgés de rester en forme et en lien avec les autres. C'est bon pour le corps et le moral ! C'est aussi l'occasion de belles rencontres et de poursuivre la belle entente dans l'intimité… J'adore ces histoires de rencontres improbables, entre deux personnes d'un certain âge, parfois veuves, parfois divorcées, qui ne croyaient plus à l'amour et qui pourtant sont cueillies par un sentiment naissant… Pourquoi pas sur une piste de danse, sur un air de valse…

La vie est souvent plus forte que le malheur ! J'ai bien l'intention d'en faire une activité régulière, en prenant des cours de danse de salon, quand je serai libérée de mes activités professionnelles.

Nourrir un goût pour les activités qui font du bien au corps, donc à la tête, est vital pour moi. Vivre dans un environnement douillet et charmant l'est tout autant. Mon œil aime flâner et s'attarder sur les détails qui le ravissent ! Je suis une esthète. J'aime les maisons joliment décorées, confortables, et accueillantes, qui portent l'âme de leurs propriétaires. Déjà férue de décoration, appréciant les mélanges de style, je constate que mes goûts évoluent au gré des connaissances acquises grâce à *Affaire conclue* : au même titre que nos téléspectateurs, j'ai beaucoup appris sur l'art de la verrerie, sur la sculpture, les bronzes en particulier. Je sais aujourd'hui reconnaître les caractéristiques d'un style, d'une époque. Je me suis découvert une passion pour l'Art déco, notamment pour les bronzes animaliers de François Pompon, les peintures de Paul Jouve, les faïences de cette période de Charles Catteau ou encore de Roger

Capron. Je suis devenue incollable sur Émile Gallé, et ses productions de verrerie ou d'ébénisterie. J'ai craqué pour un immense palmier en laiton doré de la maison Jansen. Et je ne résiste pas aux petites marines peintes à l'aquarelle ou à l'huile, de l'école de Concarneau, par exemple. Tout ce qui a trait à la mer et à ses couleurs attise ma convoitise… N'ayant pas le droit de participer aux enchères pendant l'émission, je rachète les objets qui me plaisent aux acheteurs, en négociant leur prix autant que je le peux ! Certains sont généreux et me les revendent au prix coûtant, d'autres sont plus durs en affaires ! Il n'en reste pas moins que cette émission va finir par me coûter plus cher qu'elle ne me rapporte…

Aimer la vie, c'est aussi se faire plaisir, et dans ce domaine, je me trouve plus que douée ! Outre la déco et les beaux objets, je ne résiste que très rarement aux vêtements qui me plaisent : une originalité, une belle coupe, de belles matières. Là encore, il m'arrive de céder à la tentation en m'offrant une pièce onéreuse d'un grand faiseur ou d'une marque de luxe, que je marie avec des basiques dénichés chez Zara, H & M, ou dans une boutique vintage. Je n'ai pas le temps de faire du shopping à Paris, quand je travaille. Je me venge le week-end, à Deauville, en Normandie. Je choisis les heures creuses, je me gare devant les boutiques que j'apprécie, je vais vite (pour me donner bonne conscience et ne pas avoir l'impression de perdre trop de temps !), et il m'arrive (trop souvent !) de me lâcher… Le prétexte est trop tentant : j'en ai besoin pour travailler ! Faux prétexte, car je pourrais me contenter de ce que m'apporte ma styliste. Mais c'est plus fort que moi, et j'avoue éprouver du bien-être à porter une tenue que j'ai choisie et qui m'appartient. Je me sens encore plus moi-même. Alors, j'encombre mes placards de nouveaux arrivants qui tentent de se faire une place en jouant des coudes… Car j'ai du mal à trier, même si j'en connais tous les bienfaits psychologiques : éclaircir l'esprit, apaiser le mental, faire le vide… Hélas, je m'attache, et pas qu'aux êtres humains : j'ai du mal à me séparer de tenues que je ne porterai pourtant plus jamais ! Je me dis toujours que le jour où je serai enfin totalement sur mon chemin spirituel, je ferai des économies… Heureusement que ma fille passe par là, incognito… ou presque ! Avez-vous remarqué que certains de vos jolis pulls disparaissent comme par enchantement ? Dorénavant je ne passe plus des heures et des heures à les chercher, je vais voir directement dans ses affaires : je gagne du temps ! Et j'avoue que ça finit par m'attendrir et me conforter dans l'idée que mes choix ne sont pas trop ringards s'ils séduisent une jeune et très charmante femme de vingt-cinq ans. Pour en revenir à mes tendances d'acheteuse quasi compulsive, qui s'expriment probablement en compensation d'un manque ou d'une déception ponctuelle, je progresse et me raisonne de plus en plus, je limite les dégâts... Mais cette « futilité » ne présente pas que des inconvénients : se faire plaisir de temps en temps engendre aussi de la bonne humeur !

Prendre soin de sa personne et de son apparence permet une meilleure estime de soi : il est plaisant de constater dans le regard des autres que telle ou telle tenue vous met en valeur, vous offrant ainsi un atout séduction supplémentaire. Soigner son apparence est une manière de sourire à la vie et aux autres.

Nourrir son esprit en est une autre. Quel plaisir d'échanger avec ses copines sur le dernier roman que vous avez lu, parce que vous en avez aimé le style, ou que vous vous êtes projetée dans tel ou tel personnage... J'ai la chance de recevoir un panel d'artistes et d'écrivains très variés, des plus intellos aux plus populaires, exercice qui me conduit à explorer leur biographie, et à aller voir leur film, leur spectacle, à écouter leur disque, ou à lire leur livre... Le spectre culturel que je balaie grâce à mes choix d'invités est très large : aucun sectarisme, je suis ouverte à tous les genres, une manière d'être au contact des tendances du moment, au plus près de la vie.

J'occupe mon temps libre en nourrissant ma curiosité insatiable : théâtre, cinéma, concert, lecture, opéra, ballets... Tout m'intéresse, convaincue, comme je vous l'ai dit, que l'envie d'apprendre et de découvrir reste la meilleure des armes antivieillissement.

Être gourmande et curieuse de la vie, c'est aussi être dans l'instant présent, attentive à mes ressentis, mais aussi au monde et aux gens qui m'entourent. Savoir se poser, observer, regarder, les paysages, les gens aussi... Je ressens des impressions d'ivresse dans la nature. Rien ne me séduit plus que les paysages maritimes, le spectacle toujours inédit des marées montantes et descendantes. La plage que je parcours pendant des heures pour vider mon esprit et réfléchir à mon quotidien et aux décisions éventuelles que je dois prendre présente toujours un visage différent en fonction de l'heure et des coefficients des marées, des conditions météo, du moment de la journée. Je jubile en me disant que c'est chaque fois une première fois. Je prends des photos (la mémoire de mon téléphone crie au secours !), je m'interroge sur la taille des bateaux (l'une de mes obsessions, allez savoir pourquoi...), j'observe les oiseaux, et les promeneurs, heureusement plutôt rares dans mon coin. J'écoute, le silence, le bruit de la mer et du vent ou, selon l'humeur, une musique choisie, qui accompagnera ma balade, de laquelle je reviens épuisée physiquement, mais réparée et réénergisée psychologiquement. Quand je suis à Paris, il m'arrive de marcher aussi longuement, et de découvrir la capitale par un autre prisme, le nez en l'air, à l'affût du moindre détail architectural. Et j'aime plus que tout passer des heures, assise à une terrasse, à détailler les passants, à me projeter dans leur vie, à imaginer leur parcours, particularité que je partage avec nombre d'acteurs et d'écrivains, qui y puisent leurs inspirations pour un futur personnage ou un prochain rôle.

Nourrir son esprit, sa culture, son imagination, aimer la vie, c'est aussi soigner son rapport à l'autre, apprendre de lui et de ses expériences. Les invités que je reçois, qu'ils soient anonymes ou célèbres, me tendent souvent un miroir. Leurs parcours, les choix qu'ils ont dû faire, les mesures qu'ils ont dû mettre en œuvre pour surmonter telle ou telle difficulté, leur gestion des échecs, tout cela m'inspire et me guide dans mon propre chemin. Les thématiques sur le couple, par exemple, ou sur l'éducation des enfants, abordées pendant mes émissions, provoquaient à coup sûr des débats familiaux. Je me souviens d'avoir questionné mes enfants sur l'usage de la drogue, quand des parents, de milieux plutôt éduqués et favorisés, me disaient n'avoir rien su, rien vu venir, alors que leurs enfants étaient devenus dépendants, voire pire, avaient attenté à leurs jours. Mes enfants réagissaient, s'offusquaient que je puisse oser les soupçonner et les accuser à tort… Dans un autre registre, j'étais toujours attendrie par les témoignages de couples qui avaient su, ensemble, se donner les moyens de surmonter les crises qu'ils avaient traversées. Je confrontais alors leur expérience avec la mienne et tentais de comprendre pourquoi Pierre et moi n'aboutissions pas aux mêmes résultats... J'ai beaucoup appris sur la vie en recevant ces confidences. Rien ne me passionne plus que l'échange, la curiosité et la découverte d'autrui. J'adore les discussions joyeuses et animées avec mes copains et copines. Mais, plus le temps passe, plus j'apprécie les dîners intimes, en tête à tête, et les introspections profondes qui en découlent. Je suis une « décortiqueuse » de l'âme. Depuis toujours – bien avant de faire ce métier – j'ai une propension à m'intéresser à l'autre, à l'explorer, l'analyser, le comprendre, l'aider quand je peux. Les conversations superficielles m'ennuient, je les fuis. Généralement directe et franche, je vais droit au but et pose les questions qui dérangent parfois, mais qui font avancer aussi. Avec une prédilection pour les histoires de rencontres amoureuses. Rares sont les invités autour d'une table qui échappent à ce sujet, et cela débouche souvent sur des moments savoureux. Une amie d'enfance me rappelait que déjà au collège, je passais tout le monde au crible de mes questions. J'étais à bonne école. Mes amis et moi avions sympathisé avec notre pion, qui était étudiant en psychologie et qui exerçait ses travaux pratiques sur notre bande, en nous initiant à la thérapie de groupe : nous devions nous dire nos quatre vérités, sans nous épargner… Inutile de préciser que j'étais à mon affaire, comme un poisson dans l'eau ! Sauf que, faute d'un encadrement compétent, toute cette entreprise s'est avérée très douloureuse et a débouché sur un énorme fiasco. Notre amitié n'y a pas résisté et notre bande s'est disloquée… Le monsieur en question devait progresser dans son art d'appliquer en pratique ce qu'il apprenait en théorie !

Enfin, rien ne me rend plus heureuse que de larguer les amarres et de partir en bateau : mes meilleurs souvenirs de vacances ! En famille, il y a quelques années, sur des catamarans que nous louions, pour parcourir les mers turquoise (ma couleur préférée !) des Caraïbes ou de l'océan Indien. Idéal pour laisser les préoccupations à distance ! Et puis j'apprécie l'idée de tout transporter avec moi, de n'avoir plus aucun problème de logistique, de laisser derrière moi la pollution des voitures et des embouteillages, et de me laisser porter par les courants, les vents, les marées en obéissant à un emploi du temps dicté uniquement par les conditions météorologiques. J'ai eu la chance l'été dernier d'embarquer à bord d'un vieux troller, en compagnie d'amis bretons, et de découvrir l'enchantement des côtes du sud du Finistère et du golfe du Morbihan. Je me suis transformée en cuisinière, gratifiant l'équipage joyeux de mes recettes ancestrales (ah ! mes pommes de terre dorées aux échalotes, pour quinze, un sacré boulot sur une petite gazinière dans un espace confiné !), et en animatrice-DJ le soir... Que de fêtes improvisées mémorables sur ce bateau, où nous dansions dans un espace plus que réduit, jusqu'à des heures indues ! Il faut dire que quelques breuvages, non recommandables (à consommer avec modération, bien sûr, comme on aime à le répéter sur le service public !), contribuaient à notre bonne humeur. Le matin, quelle que soit la température de l'eau, je partais nager avec mes lunettes et mes palmes, tellement loin et longtemps, que mes amis angoissés montaient dans leur annexe pour venir à mon secours. Mais tout allait bien, je rentrais en refusant leur aide, parfois en luttant contre le courant, un peu honteuse malgré tout d'avoir provoqué leur inquiétude.

J'ai beaucoup navigué en Corse, aussi, dans des eaux tout aussi claires, mais beaucoup plus chaudes. J'ai même traversé en voilier le golfe d'Alaska, il y a quelques années, au milieu de nulle part, peu de bateaux de plaisance s'y aventurant. Imaginez le spectacle de ces immenses espaces vierges, parfois glacés, clairsemés de formes improbables, parfois humaines, dessinées par les icebergs, et les rencontres inopinées avec une baleine et son petit frôlant la coque de notre embarcation, ou même passant dessous à nos risques et périls, avec des orques, dangereuses et agressives, nous narguant dans leur magnifique manteau blanc et noir, avec des ours bruns pêchant les saumons qui remontent des rivières d'eau douce pour frayer à l'endroit où ils sont nés, avec des otaries, des phoques, des pingouins, des loutres, toutes sortes d'oiseaux ! Magique ! Il faut dire que dans le sillage de mon père, j'ai passé beaucoup de temps pendant mes jeunes années dans la réserve naturelle ornithologique du banc d'Arguin qu'il a contribué à créer en 1974, à la sortie du bassin d'Arcachon, entre la dune du Pila et le cap Ferret. J'y ai passé des semaines, campant dans les cabanes en bois des guides assermentés, pour les aider à déloger les touristes qui s'aventuraient dans la zone protégée, où nichaient les sternes. Souvenirs incroyables de l'odeur des oyats et des immortelles grillés par le soleil, souvenirs de brûlures aux pieds tellement le sable était chaud, souvenirs de baignades sur une plage déserte, dans les vagues, au soleil couchant, à l'heure où les estivants se retirent sur leurs bateaux, souvenirs de lumières magiques. Sans chauvinisme aucun, c'est probablement l'un des plus beaux endroits au monde qu'il m'ait été donné de voir ! Aujourd'hui la guerre est déclarée entre les vacanciers toujours plus nombreux, les ostréiculteurs qui y ont installé des parcs à huîtres, et les protecteurs, dans l'obligation de préserver la tranquillité des oiseaux : la cohabitation n'est pas toujours simple. Redoutant la foule, je n'y retourne pas souvent – uniquement en période creuse, hors saison.

J'aime la montagne aussi, là encore préférant les randonnées ou le ski hors piste accompagnée par des connaisseurs ou des guides aux pistes trop damées et trop fréquentées. Quelle joie de laisser les traces d'une godille (pas si nulle !) dans une poudreuse légère et encore vierge ! Je partage ce goût pour le ski avec ma fille que j'ai emmenée très tôt, dès l'âge de quatre ans, dans mon sillage, sur des pistes noires, sur un mur bien connu d'Avoriaz, par exemple. À mon image, elle est tenace et sportive, et nous nous régalons, complices. Je vous l'ai dit, elle adore plus que tout se moquer de moi, et chaque fois que je tombe la tête la première et que je me relève, parfois avec difficulté, déguisée en bonhomme de neige, méconnaissable, avec de la poudreuse dans la bouche, les yeux, le nez ou autre, elle ne boude pas son plaisir, et les fous rires et les vidéos, qu'elle se repasse en boucle (car elle est aussi ricaneuse que moi), sont au rendez-vous ! Elle se délecte aussi d'une autre de mes obsessions : repérer absolument le mont Blanc, quand on est dans les parages (je passe mon temps à chercher parmi les pics environnants ce vieux complice au sommet duquel je me suis hissée… ce qui la fait hurler de rire !). Il n'est pas rare, alors, que les moqueries durent le temps d'une soirée… pauvre de moi.

Vous l'avez compris, je suis un drôle de mélange, comme vous probablement. Nous avons tous des facettes très différentes qui composent notre personnalité. Très exposée dans mon travail, ne boudant pas mon plaisir de passer des heures et des heures devant des caméras, veillant à mes tenues, à mon comportement, à la qualité du lien avec mes invités ou mes collaborateurs, toujours très entourée, et par ailleurs, recherchant la solitude et les espaces vierges... Une façon de trouver le juste équilibre ! Beaucoup de mes confrères et consœurs médiatiques préfèrent, eux, des endroits branchés et plus que fréquentés pour passer leurs vacances : Saint-Tropez, Ibiza, certains endroits en vue en Corse, où l'on se retrouve entre Parisiens (vous revoyez en général ceux que vous croisez toute l'année !). Je me sens différente et préfère fuir tout ça ! La solitude, oui, j'en ai besoin. Pour réfléchir. Me retrouver. Lire. Écouter de la musique. Je ne m'ennuie jamais. Je n'ai pas besoin de bruit, d'agitation, de monde autour de moi. Je me dis que ce bon commerce avec moi-même dénote une bonne santé mentale, et une sorte de sagesse acquise au fil des années.

Il y eut par le passé des moments de solitude forcée, plus douloureux, consécutifs à des ruptures sentimentales. Il m'a fallu les apprivoiser et les surmonter en en tirant des enseignements. Vous connaissez la formule attribuée à Nietzsche : « Ce qui ne nous tue pas nous rend plus fort. » Oui, on ressort plus fort et en paix de cette réflexion, sous réserve d'avoir pris le temps de se poser les bonnes questions et d'y avoir apporté des réponses, bien sûr.

Je rêvais toujours d'avoir du temps devant moi pour me retirer, soit sur un bateau, pendant plusieurs semaines, soit dans un monastère, quelques jours. Comme vous tous, j'ai été confinée pour une durée indéterminée. J'étais donc contrainte à une retraite forcée, mais bienvenue… Mes enfants, en sécurité, avaient choisi de rester avec leur père, à quelques kilomètres de chez moi, dans notre ancienne maison familiale. Ils me manquaient bien sûr ; mais je me réjouissais de les savoir ensemble, inventant une cohabitation harmonieuse. Je me réconfortais en me disant que s'ils avaient été avec moi dans ma petite maison sans jardin, je n'aurais pas pu m'isoler pour écrire. Pourquoi n'aurais-je pas accueilli ce moment particulier de solitude, bien que lié à une situation dramatique et dangereuse, pour une grande majorité des Français – dont je souffrirai peut-être moi aussi un jour prochain –, comme une aubaine, presque un cadeau, en tout cas comme une expérience quasi spirituelle ? Le temps d'écrire. Le temps d'apprendre la patience. Le temps d'imaginer un emploi du temps structuré mais différent, le temps d'inventer un rapport aux autres différent. Pendant cette période particulière, je voyais fleurir par exemple des rendez-vous en direct sur Instagram : certains confrères ou consœurs avaient trouvé ce nouveau moyen pour rester en lien avec leur public, ou leurs « followers ». Le temps d'avoir le temps… Encore fallait-il ne pas céder aux angoisses générées par l'actualité, avec un nombre de décès qui s'accroissait tous les jours, des soignants à bout de souffle, des gens qui prenaient des risques, contraints et forcés de devoir aller travailler.

Alors mieux valait couper la radio, arrêter de regarder les chaînes d'info en continue, meilleur moyen de ne pas se laisser gagner par l'angoisse. Je ne m'accordais qu'un journal télévisé par jour. Et s'entourer de beauté, en écoutant de la musique classique, par exemple,

Mozart (dont la musique aurait un vrai pouvoir thérapeutique et apaisant), Beethoven, Bach, Erik Satie, Haendel, Rachmaninov, Chopin... Il s'agissait d'être citoyen, en respectant les consignes, pour protéger des vies. Le plus difficile à supporter était alors la privation de liberté et l'interdiction de s'évader au-delà d'un kilomètre de chez soi. Difficile pour la marcheuse que je suis !

Mais je mesure ma chance d'avoir été confinée dans de bonnes conditions, d'avoir pu travailler, et d'être en bonne santé. Savoir faire la part des choses et voir le verre à moitié plein, on y revient !

Mademoiselle

« Le grand attrait qui porte au célibat, c'est la liberté. »

Francis BACON

Je n'avais pas imaginé qu'il m'arriverait de me définir comme une femme célibataire. Comme toutes les petites filles, je rêvais d'un prince charmant, pour toujours… Hélas, la vie s'est chargée de me ramener à la réalité ! Il faut dire que les temps et les mœurs ont changé. Nous vivons dans une société d'obsolescence programmée. Les histoires d'amour n'y échappent pas. Autrefois, on subissait, on était patient, on prenait sur soi, on apprenait à surmonter les désillusions, on s'accrochait à un projet familial et au bonheur de voir grandir, ensemble, ses petits-enfants en faisant fi des frustrations de couple… La question de l'autonomie ne se posait pas pour les femmes. Elles se devaient de se consacrer d'abord à leur foyer et à leurs enfants. Aujourd'hui, on a tendance à tout remettre en question, sans forcément déployer les efforts nécessaires pour trouver l'énergie et l'envie de vieillir ensemble.

J'y réfléchis souvent durant mes nuits d'insomnie, quand je me reproche d'avoir remis en question mes équilibres familiaux. Comme c'est douloureux et culpabilisant de devoir prendre, un jour, ce genre de décision ! Nous ne nous entendions pas si mal, le père de mes enfants et moi. Nous avons été heureux pendant des années, épanouis par nos évolutions professionnelles et notre complicité autour de notre progéniture. Il n'y a jamais eu de rivalités entre nous. Pierre m'a toujours poussée à répondre favorablement aux propositions qu'on me faisait, au détriment parfois de notre organisation familiale. Nous avions, lui et moi, deux tempéraments aux antipodes, mais complémentaires : lui, compétiteur et fonceur, toujours tourné vers l'avenir, se fixait de nouveaux défis en permanence, moi j'étais plus prudente, attachée à un besoin viscéral de sécurité. Petit à petit, de façon insidieuse, la maturité nous entraînait vers des objectifs et des envies différentes, que nous ne prenions même plus le temps de partager. Ensemble, nous avons fini par nous sentir seuls, engagés sur deux routes parallèles. Nous ne nous sommes pas méfiés, et n'avons pas réalisé à temps que nous étions sur le point de nous perdre, au point de n'avoir plus ni la force ni l'envie de tout mettre en œuvre pour tenter de nous retrouver... À ce moment-là de nos vies, c'est mon ami Christophe Fauré, toujours lui, alors que nous dégustions comme à notre habitude une entrecôte dans notre bistrot favori, qui a formulé la question qui a tout précipité. Je lui faisais part de mes doutes, de mes interrogations, de mes insatisfactions, de mes tourments, lorsqu'il m'a demandé : « Aimes-tu la femme que tu es en face de ton mari ? » Déflagration ! Question essentielle : tentez de vous la poser, vous verrez que les réponses que vous y apporterez vous renseigneront sur votre situation ! Quelle femme étais-je donc avec Pierre ? Quelle image me renvoyait-il ? Ne me disait-il pas que je ne l'aimais pas comme il l'aurait souhaité, que je ne le soutenais pas suffisamment dans ses projets (il faut dire qu'il a une propension naturelle à l'autosatisfaction qui ne vous pousse pas à le couvrir de compliments...), qu'il me sentait souvent agacée ? Étais-je celle qu'il décrivait ? Et lui, entrevoyait-il la femme que j'étais en train de devenir ? Nous nous sommes éloignés physiquement, avant de nous insupporter, comme il aime à le rappeler, et de prendre le risque de nous exposer à des relations plus conflictuelles... Une décision longuement mûrie, ponctuée d'angoisse, de culpabilité, et de tristesse. Nous avons eu peur de nous scléroser, de nous abîmer et de nous perdre dans des rapports nauséabonds et nocifs que nous ne jugions pas dignes de nous, de notre passé et de nos envies. Mais nous sommes parvenus à préserver l'essentiel : une complicité quasi fraternelle, soudés que nous sommes autour de l'équilibre et de l'avenir de nos enfants, toujours là l'un pour l'autre en cas de gros coups durs, soucieux du bien-être de chacun d'entre nous. Pas de jalousie, pas de mesquinerie, je dirais une autre forme d'amour, une sorte d'amour absolu qui résiste à tout, et un humour à toute épreuve !

Je n'aimais pas la femme que j'étais devenue en face de lui... La femme agacée, impatiente, frustrée, dans le reproche et la critique, celle qui n'admirait plus suffisamment... De mon côté, je me sentais niée et pas considérée à ma juste valeur... J'avais besoin de me voir autrement dans le regard d'un homme, de sentir son désir, son plaisir d'être en ma compagnie, son amusement devant mes frasques, son adhésion quant à mes interrogations et mes envies...

J'ai rencontré alors celui qui répondait à mes aspirations et qui me tendait justement ce miroir et je suis tombée amoureuse... Cette expression est éloquente... « Tomber amoureuse », se laisser convaincre, embarquer, presque malgré soi, se projeter passivement, en se reposant sur l'autre, auquel vous attribuez le pouvoir magique de répondre à tout ce qui vous manquait. N'était-ce pas un miroir aux alouettes ? C'est la question que je me suis posée après coup bien sûr... Quel était ce miroir ? Espérer de cet homme qu'il vienne combler les failles, les manques, les rêves inassouvis... Lui demander qu'il me répare, qu'il m'offre une autre image de moi, positive, séduisante à la fois sur le plan physique et intellectuel... Attendre tant de lui alors que je n'avais pas pris le temps nécessaire pour digérer ma rupture et faire le deuil de mon mariage. Certes je me sentais désirée, prise en considération, vibrante, vivante, je découvrais un univers différent qui m'emportait et me passionnait, mais la culpabilité et la tristesse de remettre en cause les équilibres que nous avions construits, Pierre et moi, me pesaient. Difficile dans ces conditions de se sentir légère, entreprenante et investie envers un autre homme. Insatisfaite, je lui en demandais beaucoup, mes attentes étaient trop lourdes pour cet être attentif et sensible qui me répétait en boucle qu'il m'avait rencontrée trop tôt et que je n'étais pas sortie de mon histoire précédente. Lui non plus d'ailleurs, ce qui n'arrangeait pas les choses ! L'échec était annoncé.

J'ai compris que partir, c'est avant tout une décision que l'on prend pour soi. Se donner le temps de l'introspection, de comprendre les raisons qui ont conduit à la rupture, de prendre conscience de ce à quoi on a renoncé, pour enfin s'ouvrir à d'autres possibles. Pierre a batifolé quelque temps, enchaînant les conquêtes, n'hésitant pas à présenter les nouvelles venues à ses enfants, même lorsqu'elles n'avaient obtenu qu'un « contrat » de très courte durée. Puis il a rencontré celle qui lui a donné envie de reconstruire une véritable histoire, allant même jusqu'à l'épouser.

Je me réjouis sincèrement de son bonheur. Je mets plus de temps à trouver celui qui me donnera envie de vieillir en sa compagnie… Il faut dire qu'après notre séparation, je vivais avec mes deux enfants. Mon souci principal était de les préserver au mieux. Ma vie intime passait après. Hors de question pour moi de leur imposer un nouveau venu, qu'ils auraient croisé le matin au petit déjeuner… J'avais une vie de femme, certes, mais en dehors du domicile familial ! Pas évident de concilier cette vie de mère investie et responsable, et de redevenir une amoureuse disponible…

J'ai fait quelques tentatives bien sûr, me projetant à chaque fois, espérant construire une histoire à long terme dans un schéma de couple classique… Pas si simple ! Là interviennent de nouvelles problématiques, qui peuvent vite devenir pesantes, contraignantes, voire insolubles. Après vingt-trois ans de mariage, avais-je envie de me soumettre à de nouveaux types de pesanteurs ? Devoir apprivoiser les enfants de mon nouvel amoureux, qui, forcément, me regardent avec des poignards dans les yeux, car j'ose prendre la place de leur mère ; devoir gérer les rapports conflictuels avec les ex-femmes ou compagnes, qui ne manquent pas de se manifester, d'autant plus furieuses et jalouses que vous êtes une vedette de la télé et que vous faites (malgré vous !) les couvertures des journaux avec leur ex ; devoir affronter le retour des ex-femmes ou compagnes et débarrasser le plancher (car les rendre jalouses est parfois un très bon moyen pour les faire revenir, j'en sais quelque chose...) ?

Après quelques déconvenues de ce type, j'ai pris enfin un peu de recul et me suis posé les vraies bonnes questions : à ce stade de ma vie, devais-je justement me relancer dans un projet de couple à plein temps ? Et si finalement le célibat présentait quelques avantages ? Mes amies, celles qui ont pris un peu d'avance sur moi dans ce domaine, me le soufflaient... Je me disais que dans la majorité des cas, elles avaient dû quitter leurs conjoints pour des raisons impérieuses, violences dans le couple ou trahisons multiples. La décision de s'enfuir, souvent avec leurs enfants en bas âge, avait été vitale pour elles. Une manière de sauver leur peau et d'échapper à l'enfer. Je n'étais pas confrontée à ce genre de situation dans mon couple. Loin de là. La vie était plutôt confortable, même si j'éprouvais une vague impression d'inachevé, de besoin de m'accomplir autrement. Les parcours de certaines femmes, invitées de mes émissions, qui s'étaient révélées plus fortes, plus libres, plus sûres d'elles en prenant les rênes de leur vie, me donnaient à réfléchir. Pour autant, je n'imaginais pas pouvoir m'accommoder de ce mode de vie et m'accrochais à mon incorrigible optimisme, n'envisageant pas du tout d'affronter seule la dernière partie de ma vie. Je ne l'envisage toujours pas d'ailleurs ! Mais j'ai fini par me lancer (pas vraiment sûre d'avoir eu le choix !) dans l'exploration de ce pays inconnu : le célibat ! Et j'avoue que je ne cesse d'apprendre, sur les ressorts de la vie, qui vous cueille toujours au moment où vous ne vous y attendez pas, sur les rapports déroutants entre les hommes et les femmes d'aujourd'hui, sur les bonheurs de l'amitié féminine (ce n'est pas une surprise, mais cela se confirme !), et finalement sur notre capacité à satisfaire nos propres envies, nos besoins et à nous faire plaisir sans que cela passe forcément par le regard, l'approbation ou le partage de quelqu'un.

Aime-t-on différemment dans notre seconde moitié de vie ? Avons-nous d'autres aspirations, des priorités différentes ? J'ai questionné Pierre à ce sujet, lui qui a choisi de s'engager à nouveau dans une relation au long cours. Il pense que oui : il a privilégié un amour serein, tranquille, respectueux, bienveillant, presque raisonnable… Sa préoccupation essentielle étant de ne pas se compliquer la vie… Sage option. Je connais d'autres spécimens masculins qui ont opté, eux, pour la passion, et la fraîcheur d'une femme beaucoup plus jeune qu'eux, et qui finissent par s'embourber dans des situations complexes, souvent éreintantes…

De mon côté, j'ai l'impression d'avoir gardé un tempérament de gamine dans ma capacité à tomber amoureuse comme à vingt ans, avec la même fougue, le même enthousiasme, la même passion. Je ne parviens pas à me complaire dans le raisonnable ! J'ai besoin de vibrer, d'éprouver des émotions, d'avoir le cœur qui s'emballe quand mon téléphone produit la sonnerie que j'attends depuis des heures, d'avoir la gorge qui s'assèche, les joues qui rosissent, l'œil qui pétille, bref de me sentir vivante tout simplement.

Je me souviens d'une scène qui m'avait marquée : je rentrais de vacances passées dans des conditions matérielles optimales avec mon amoureux de l'époque, et je retrouvais mes amies proches pour prendre le thé. S'attendant à me voir au comble du bonheur et de l'épanouissement, plus joyeuse, plus jolie et plus pétillante que jamais, elles furent consternées par l'image que je leur offrais : celle d'une femme éteinte, désabusée, passive, n'osant même pas se plaindre de son sort et remettre sa situation en question, persuadée malgré tout d'avoir été gâtée et plutôt bien traitée… mais dévitalisée, morte ! Elles se sont insurgées, m'ont secoué les bretelles en m'obligeant à ne pas éluder et à regarder ma vie en face : « Tu es peut-être gâtée, bien traitée sur le plan matériel, mais il te manque tout le reste… Reprends-toi ! Regarde-toi ! Sors de ce marasme ! »

L'électrochoc fut violent, mais je le savais sans me l'avouer, elles avaient raison, je n'étais pas emportée, nourrie, transcendée par cette relation. Et c'est ce que je recherche plus que tout ! Admirer ! Rire ! Partager ! Attendre ! Espérer ! Souffrir aussi, parfois, hélas !

Tomber amoureuse ! Frédérique Farigoux, la psychologue spécialiste du couple dans *Toute une histoire*, avait coutume de dire qu'en moyenne, chacun de nous dispose d'un capital de trois coups de foudre dans une vie… Le capital coup de foudre, à l'image du capital soleil… Je dois dire que j'explose tous les compteurs puisque j'ai largement dépassé ce nombre. Je parle du vrai coup de foudre, improbable, auquel on ne s'attend surtout pas. Lorsqu'on sait qu'il y a un avant et un après, que la vie va prendre un autre cours… Certes ce sentiment n'arrive pas tous les jours, loin de là. Et je pensais, la mort dans l'âme, avoir grillé toutes mes cartouches, et rester désormais à l'abri… Je me trompais ! Cela m'est arrivé récemment, dans des circonstances comme souvent insolites, qui n'avaient a priori rien de romantique : un rendez-vous professionnel sérieux, une conversation au début normale, et puis, une question, une réponse, un silence, un regard, un trouble ! Alors l'échange emprunte tout à coup un cheminement intime, profond, les âmes semblent se connecter, les barrières tombent, une douce chaleur vous envahit, des rougeurs apparaissent sur votre décolleté, la salive se fait plus rare, le front se met à transpirer, les mots restent en suspens... L'avantage en l'ayant vécu plusieurs fois, c'est qu'on reconnaît le phénomène, et on comprend tout de suite ce qui est en train de se jouer : un coup de foudre, et la naissance d'un lien qui ne demande qu'à être approfondi... Cette envie va vite devenir un besoin, puis une nécessité. Mais voilà, vous débarquez d'un seul coup, comme ça, dans la vie de l'autre, vous en êtes d'ailleurs la première surprise, et il s'agit alors de vous faire une place, votre place.

Plusieurs cas de figure se présentent alors à vous.

Soit il est libre et les voyants sont au vert – sauf s'il est célibataire depuis longtemps ou vieux garçon, auquel cas il protégera sa liberté et privilégiera son indépendance, incapable de se plier à des concessions ! À vous de voir, mais mieux vaut s'enfuir !

Soit il est marié, et alors là, bonne chance ! Il faut se méfier des promesses sur l'oreiller, ces messieurs ne les tiennent que très rarement. Il faut tout autant se méfier des assertions selon lesquelles ils n'ont plus aucun rapports sexuels avec leur femme qui est devenue plus une amie ou une complice qu'une amoureuse…

Soit il est célibataire et butineur, avec une ou plusieurs conquêtes en parallèle, et cela lui convient très bien, le protégeant de l'engagement… À chacune de choisir !

Ça sent le vécu, me direz-vous ! Vous n'avez pas tort : c'est le mien ou celui de mes amies – car rien ne m'amuse autant que de recueillir les confidences complices.

Si, mes amies et moi, pouvions vous éviter de reproduire nos erreurs, permettez-nous de vous faire partager quelques exemples de nos « triomphes » personnels. En d'autres termes, mieux vaut prendre la poudre d'escampette dans les cas suivants :

Vous finissez par céder aux tentatives d'approches renouvelées d'un spécimen qui en pince sérieusement pour vous. Vous n'êtes pas forcément en confiance, ni convaincue, mais vous vous lancez, en vous sermonnant, et en vous disant que la vie est trop courte, et qu'il faut sortir de votre tanière... À votre grande surprise, tout semble fonctionner, sur tous les plans, vous me suivez... Et vous vous découvrez finalement des affinités, des envies communes... Le candidat se lance alors dans l'énoncé de projets communs, auxquels vous n'auriez même plus imaginé aspirer : projets de voyages, d'acquisition d'une maison de campagne pour abriter vos amours naissantes et créer votre lieu de vie, tout neuf, vierge de souvenirs anciens et de fantômes trop présents, allant même jusqu'à une proposition d'aménagement commun dans son domicile principal... Vous n'en revenez pas, tellement tout ça vous paraît énorme ! Mais il insiste et, à court d'arguments, vous vous laissez gagner par son enthousiasme et ses convictions, finissant par commencer à y croire vous-même, jusqu'à en informer vos proches... Et là, patatras, d'une minute à l'autre, alors que tout va bien dans le meilleur des mondes, que vous rentrez d'un merveilleux week-end et que le monsieur vient de vous déposer chez vous... vous n'avez plus de nouvelles ! Il ne répond plus aux textos, vous laisse dans un silence assourdissant, un jour, puis deux... et finit par vous déclarer que tout cela va trop vite, qu'il n'est pas remis de son échec précédent, et qu'il lui faut du temps ! OK, mon vieux, mais tu ne pouvais pas y penser avant ? Les bras vous en tombent, ainsi que le téléphone qui se fracasse sur le sol ! Vous avez le souffle coupé ! Vous vous reprenez et l'insultez copieusement, puis, dans un sursaut d'orgueil et de protection, vous recourez à votre grande sagesse intérieure, et vous décidez de passer à autre chose... Grâce à Dieu, vous étiez sur le point de tomber amoureuse, prête à évacuer les doutes et les petites voix qui vous soufflaient que quelque chose clochait dans cette précipitation, mais vous ne l'étiez pas encore. Ouf ! Au suivant !

Le monsieur ne manquera pas bien sûr de se manifester quelques mois plus tard et de revenir à la charge, allant même jusqu'à vous proposer de rester « amis ». Et puis quoi encore ? L'amitié, qui repose avant tout sur la confiance, est peut-être encore plus exigeante que l'amour... Là, mieux vaut ne plus répondre, le laisser dans ses contradictions, et passer son chemin !

Autre exemple, le « serial lover » : à fuir ! Invitée à une fête chez des amis, vous croisez un profil que vous connaissez bien, le genre séducteur professionnel. Vous l'avez rencontré à plusieurs reprises les mois ou les années précédentes, accompagné chaque fois d'une nouvelle compagne, toujours charmante et sympathique. Certes il est irrésistible, beau garçon, professionnellement reconnu, charismatique, drôle, cultivé, joliment vêtu, avouons-le, il a tout pour lui… Bien sûr, il vous a déjà approchée à différentes reprises, vous a gratifiée de la pertinence de sa conversation, sûr de son charme. Mais vous vous êtes méfiée, beaucoup plus maligne et aguerrie que ce qu'il croit, et vous vous êtes promis que jamais, au grand jamais, vous ne vous laisserez capturer dans ses filets ! Mais pour qui se prend-il, celui-là ?

Et le soir de la fête arrive : il est là, une idée fixe derrière la tête, tel un fauve aux aguets devant sa proie, et il attend son heure… L'ambiance, les breuvages en tout genre aidant, vous finissez par baisser la garde et vous laisser approcher… et par prendre du plaisir à la conversation, et par vous lever et par vous mettre à danser avec lui, sous les yeux à la fois amusés et inquiets de vos amis qui pressentent déjà l'issue de l'histoire... Je vous laisse imaginer la fin de la soirée, la pudeur me retient de vous en révéler les détails... Souvenir magique !

Puis vos occupations respectives vous rappellent à la raison et à la réalité. La semaine qui suit, vous pensez à lui, il vous rappelle, vous échangez vos ressentis, vous êtes sur la même longueur d'onde, vous oubliez son passé de séducteur, et là encore, vous vous dites : « Et si c'était lui ? » Puis il veut vous voir, vous donne rendez-vous au restaurant, la semaine suivante. Jusque-là, tout va bien, rien d'anormal ! Le jour du rendez-vous, vous vous êtes préparée. Juste ce qu'il faut, ne pas lui donner l'impression de trop vouloir en faire pour le séduire : sexy mais pas trop, maquillage léger, robe aux chevilles décolletée dans le dos, quand même, l'idée étant de ne laisser apparaître un bout de peau dénudée qu'en milieu de repas ! Vous lui pardonnez son léger retard car il vient de loin et fait l'aller-retour, juste pour vous. Il entre, d'une démarche assurée, en terrain conquis, souriant, manifestement heureux de vous revoir, et vous pose des tas de questions sur vous, votre parcours, vos envies. La bonne impression se confirme, il s'intéresse à vous, en toute humilité, ne ramène pas tout à lui ! Et, alors qu'il vient de vous faire une déclaration hallucinante en affirmant que vous ressemblez à la rencontre qu'il n'espérait plus, qu'après trois échecs matrimoniaux douloureux, il ne demande qu'à se relancer durablement un jour, à ce moment-là, contre toute attente... il vous assène qu'il n'est pas prêt à se fixer pour le moment, qu'il n'a aucune confiance en lui en matière de fidélité, qu'il préfère enchaîner les liaisons et profiter de cette période de liberté pour se faire plaisir et voguer de conquête en conquête, qu'il ne veut pas vous infliger son inconséquence, que vous méritez beaucoup mieux. Et, le summum : il vous affirme qu'il se manifestera très prochainement, le temps d'y voir plus clair, d'écrire un livre, de passer les vacances avec ses enfants, et vous demande de... l'attendre, et de faire comme s'il était toujours là, près de vous. Absent mais présent...

Vous rentrez chez vous, et tentez de démêler tout ça pour y comprendre quelque chose ! M'a-t-il bien fait une déclaration ? N'est-ce pas une manière de me respecter que de ne pas m'infliger ses errements ? L'attendre, oui, je veux bien

– il me plaît –, mais combien de temps ? Mais pourquoi ne pas profiter de notre attirance a priori mutuelle ? Pourquoi se compliquer la vie et repousser l'échéance ? Bref, tempête sous un casque !

Vous sollicitez l'avis de vos amis, ébahis, qui vous ont vus tellement assortis, complices et heureux ensemble. Et l'attente commence... Ah oui, précision de taille : vous n'avez plus aucune nouvelle... Un mois, deux mois, et vous vous dites : c'est l'été, il est avec ses enfants, il a d'autres priorités... La rentrée et l'automne s'annoncent et vous n'êtes pas plus renseignée... Bref, vous n'avez plus jamais eu de nouvelles, vous ne l'avez même plus jamais recroisé... Parfois même, vous avez préféré l'éviter... Éternelle amoureuse et un brin naïve, vous avez quand même espéré son retour pendant trois mois, avant de le catapulter hors de votre cerveau. Mieux vaut en rire !

Voici un autre cas, mon préféré, celui qui nous réjouit le plus, mes copines et moi : vous tombez sous le charme d'un brillant professeur de médecine, habitant en province. Vous l'avez croisé à l'occasion d'une interview. Quelque chose s'est produit entre vous, il vous a touchée. Vous le revoyez, vous dînez avec lui et l'intérêt intellectuel se confirme… Vous apprenez alors à mieux vous connaître en échangeant à distance, essentiellement par textos, puisqu'il est reparti travailler dans sa région natale. Vous êtes un peu intriguée par son style épistolaire : un jargon, mélange de franco-anglo-scientifico-d'jeuns, se voulant drôle, en fait un véritable charabia que vous avez du mal à déchiffrer, voire à comprendre, et qui finit franchement par vous agacer… Rien de tel qu'un français tout simplement bien écrit (sans fautes d'orthographe, et émaillé d'humour, si possible !), quand on veut séduire.

Vous laissez toutefois de côté l'agacement, ne reculez devant rien et, faisant fi du danger et bravant l'inconnu, inconsciente ou aventurière, vous osez lui lancer une invitation, et pas n'importe laquelle : venir passer un week-end dans votre maison au bord de la mer, au cœur de votre intimité. Prise de risque optimale ! Contre toute attente, il accepte ! L'opération est risquée, mais autant en avoir le cœur net, et savoir si l'histoire a de l'avenir ou pas.

Déjà, ça commence mal : les contrôleurs aériens sont en grève, et il doit entreprendre un véritable périple pour vous rejoindre ! Plusieurs heures de voyage, un vol, puis un taxi pour faire deux cents kilomètres, et un chauffeur buté qui refuse de le déposer devant chez vous : pas d'autre choix alors que d'aller le récupérer au milieu de la nuit, à cinquante kilomètres... Vous ne vous dérobez pas, vous y allez, et vous employez à trouver un aimable restaurateur qui veuille bien retarder patiemment l'heure de fermeture de son établissement et lui garder un plat au chaud (il y a des moments dans la vie où le fait de montrer sa tête à la télévision peut s'avérer utile !). Il finit par arriver, plus qu'en retard, épuisé et affamé, mange un morceau, et vous repartez, ensemble, à une heure plus qu'avancée dans la nuit froide de l'hiver normand. À peine arrivés dans votre petite chaumière, vous tombez l'un et l'autre, chacun de votre côté, dans les bras de Morphée, sans demander votre reste. Mieux valait prendre des forces pour la suite prometteuse qui s'annonçait !

Après un sommeil réparateur, vous vous levez pour préparer le petit déjeuner, ayant pris soin, la veille, d'avoir acheté quelques bons produits pour lui faire honneur. Vous lui proposez un café ou un thé, et vous l'entendez vous répondre : « Jamais avant ma gymnastique ! » Surprise, pour ne pas dire déconfite à l'idée qu'il ne prendrait pas son café tout de suite, c'est-à-dire en même temps que vous, le petit déjeuner s'avérant parfois un moment propice pour développer une complicité naissante, vous vous retournez et le voyez descendre l'escalier dans une tenue de sport en lycra archimoulante, noire avec quelques touches de rose fluo prolongée par des chaussures de marathonien new-yorkais, un tapis de gymnastique au sol sous le bras.

Petite précision : vous vous connaissez à peine et – a priori – vous deviez prendre votre petit déjeuner pour la première fois ensemble… Alors que, pas du tout décidée à l'attendre, vous mordez dans votre tartine grillée et beurrée, agrémentée d'un peu de gelée de groseille, vous le voyez s'allonger à vos côtés, en contrebas, sur son tapis et commencer une série d'abdos. Là, vous devez concentrer votre attention sur une pensée extrêmement triste pour ne pas éclater de rire, et lui manquer de respect…

Dans ces moments-là, mieux vaut être mentalement capable de s'extraire d'une situation, et de la regarder en prenant un peu de recul, comme si vous la filmiez : vous assistez donc au spectacle d'un type allongé, soufflant et transpirant, allongé près d'une pauvre fille, plongée dans un grand moment de solitude, ne parvenant même plus à avaler sa bouchée de pain, terrassée par son envie de rire… ou de pleurer !

Vous qui vouliez prendre le temps de découvrir tranquillement ce fiancé potentiel, en faisant durer ce moment délicieux que devrait être un petit déjeuner en tête à tête, vous en êtes réduite à vous dire : un type capable de faire ça le premier matin du premier jour passé ensemble, qui n'a pas la présence d'esprit de se dire que le moment est trop précieux pour le gâcher, et que sa séance de gymnastique pourrait attendre le lendemain, n'a rien à faire ni chez vous ni avec vous !

La conséquence immédiate, c'est que cette séquence a eu des répercussions fatales sur votre libido, vous vous en doutez ! Épargnons-nous le récit de la suite d'un week-end qui n'a pas du tout tenu ses promesses ! Vos amies, légèrement moqueuses (euphémisme !), vous demandent de leur raconter cette histoire en boucle, tellement elle les fait rire ! Évidemment, jamais vous ne chercherez à revoir ce monsieur, qui, par ailleurs, n'en doutons pas, doit avoir plein de qualités, ne serait-ce que dans son métier !

De même, ce n'est un secret pour personne, l'ex est à proscrire ! Celui qui vous a quittée il y a quelques années, pour retourner avec la femme dont il avait divorcé un an plus tôt, sous prétexte qu'il n'avait pas pu aller au bout de leur amour, qu'ils étaient passés à côté l'un de l'autre, qu'il n'avait jamais cessé de l'aimer... alors qu'il avait osé vous confier un jour sur l'oreiller qu'il ne s'était jamais aussi mal entendu avec quelqu'un...

Vous parvenez à suivre ? Donc je reprends, celui-là même qui vous avait quittée, tout simplement parce qu'il en préférait une autre, plutôt que de vous laisser complètement, de ne plus jamais vous donner de nouvelles, seul moyen efficace, bien que triste et douloureux, de vous permettre de vous relever de votre immense chagrin, et peut-être un jour de parvenir enfin à aimer ailleurs, vous relance inlassablement par des petites piqûres de rappel, à intervalles réguliers, avec à la clé toujours un bon prétexte : comment vas-tu ?, Untel m'a parlé de toi, aurais-tu ce contact que j'ai perdu… Et, trop contente d'avoir des nouvelles, et surtout qu'il se soucie de vous, pas stratège du tout, inconsciente des effets nocifs et néfastes sur votre santé psychologique, vous répondez aussitôt, et vous entretenez le lien, et peut-être l'espoir qu'il revienne, puisqu'il ne peut pas se passer de vous…

Bien sûr il ne reviendra jamais, trop heureux d'avoir retrouvé son « grand amour », et vous fera perdre des années précieuses, à ce moment de votre vie ! Il venait juste satisfaire un ego démesuré, heureux de vérifier son emprise, encore vivace.

Il vous faudra un courage et une force surhumaines pour parvenir à l'éradiquer de votre vie définitivement ! La solution, si cela vous arrive, c'est d'opter pour le silence dès la rupture, et de vous y tenir, aussi difficile que ce soit !

Attention aussi au profil du célibataire endurci ! Hélas, au début, c'est bien cela qui vous a séduite. Il vit seul, il ne s'est jamais marié, il n'a ni ex-femme susceptible de revenir, ni pension alimentaire à verser, ni enfant dont il faut qu'il s'occupe un week-end sur deux, une semaine sur deux, ou pendant les vacances. Vous vous réjouissez déjà en vous disant que vous l'aurez pour vous toute seule, qu'il se consacrera uniquement à vous, que vous allez être une reine ! Plutôt bel homme, sportif, élégant, l'image est parfaite, aucune fausse note. Il a réussi professionnellement à la tête d'une société, qu'il a revendue en empochant quelques bénéfices. Il va donc pouvoir vous faire profiter de ses économies et vous gâter. Quelques indices auraient pu vous mettre la puce à l'oreille : il est fils unique et il entretient avec sa maman un lien exclusif, voire fusionnel… Première alerte ! Une femme pourra-t-elle rivaliser avec la perfection de sa mère ? Il est souvent solitaire et vous avez la confirmation qu'il n'a pas beaucoup d'amis, voire très très très peu, même le jour de son anniversaire, il ne reçoit qu'un appel… Deuxième alerte ! Toute à votre élan amoureux, vous préférez ne pas vous arrêter sur ces petits détails…

Et vous acceptez de partir en voyage avec lui en Thaïlande. Inutile de vous dire qu'il vous fait payer vos billets… Sur place, au restaurant, il vous suggère de consommer et de boire du local, pas question de prendre une bouteille de vin ou de commander un plat européen, sous prétexte de découverte et d'adaptation. Vous n'osez imaginer qu'il s'agit là de ne pas dépenser trop d'argent. Vous rongez votre frein ! Lui, se contente du minimum, à la fois dans ses besoins, dans la manière de se vêtir, et dans les gestes amoureux dont il vous gratifie. Mais l'image du couple que vous formez est belle, et vous vous accrochez, en espérant que les choses évolueront avec le temps et que vous parviendrez à lui apprendre le chemin du plaisir et du lâcher-prise !

Les mois passent... À l'occasion d'une discussion, il lâche que son train de vie a augmenté très nettement depuis qu'il vous connaît, sous-entendu, les restaurants (dont vous partagez toujours l'addition) lui reviennent beaucoup trop cher ! Vous déglutissez, mais vous encaissez encore une fois ! Alors que ses moyens lui permettent de se faire plaisir, vous remarquez qu'il ne se déplace qu'en utilisant les transports en commun, ou sa toute petite voiture, ou préfère surtout recourir à vos services, et vous solliciter pour que vous traversiez Paris pour venir le chercher et l'embarquer dans votre bolide trop luxueux à ses yeux... Prête à tout pour lui faire plaisir, dévouée corps et âme, vous prenez sur vous, et répondez favorablement à ses demandes. À plusieurs reprises, dans des moments où vous n'étiez pas au top de votre forme physique ou mentale, vous avez tenté de lui en parler, de lui manifester votre besoin qu'il s'occupe de vous, vous avez espéré de sa part une attention, une gentillesse, ne serait-ce qu'une petite marque d'affection. En vain, dans ces moments-là, si importants pour vous, il avait toujours quelque chose d'autre sur le feu, qui l'accaparait totalement, vous laissant dans votre mal-être.

La petite voix intérieure s'est pourtant réveillée, et si vous ne dites encore rien, elle devient insistante et commence à vous chuchoter en boucle l'énumération des détails et des comportements qui vous heurtent. Vous n'en pouvez plus de votre intuition qui, à chaque fois, sème le doute et le trouble dans votre esprit, et ralentit vos élans. Vous décidez de l'ignorer, voire de la combattre. Cette fois-ci, vous êtes déterminée à trouver la capacité de surmonter ce que vous considériez encore comme des détails superflus, vous en avez assez de ne vous concentrer toujours que sur les défauts, et vous décidez de vous donner une chance d'aller plus loin dans cette relation… Vous en faites une histoire de fierté personnelle ! Mais c'est plus fort que vous, vous commencez quand même à vous laisser aller à quelques réflexions ironiques sur le fait, par exemple, qu'il aurait les moyens de s'offrir une autre voiture… Ou d'être plus généreux avec vous… Matériellement et humainement… Et puis franchement, vous finissez par en avoir ras le bol de faire les courses pour lui préparer à dîner, n'en pouvant plus de la pizzeria et du bistrot du coin au menu « très bon rapport qualité-prix »… Mais vous parvenez à vous contrôler et ça se résume à de petites remarques légères et plutôt bienveillantes dans leur formulation.

Jusqu'à ce jour où il vous surprend : il s'est acheté une superbe Maserati (d'occasion, bon, d'accord, mais quand même !). Vous applaudissez son audace. Et vous sautez sur l'occasion pour qu'il vous emmène illico en week-end ! Vous voilà partis. L'intérieur gris, en cuir gras rutilant, est magnifique ! Vous vous dites : enfin ! On y est ! Il s'est fait plaisir et me fait plaisir par la même occasion ! Vous vous laissez aller à rêver et à imaginer des lendemains souriants et voluptueux, quand il ralentit à l'approche du premier péage. Il s'arrête, sort sa carte (ouf), l'introduit dans la machine, mais au moment de redémarrer, une fois la barrière levée, encore gauche et inexpérimenté en matière de conduite de voiture puissante et luxueuse, il s'emmêle les pédales au sens propre et passe malencontreusement la marche arrière. La voiture démarre en trombe mais s'encastre violemment dans celle qui est juste derrière. Il hurle, horrifié. Vous ne pouvez pas vous empêcher de vous amuser de la situation, malgré votre empathie et votre bienveillance naturelles, et vous êtes obligée de tourner la tête pour qu'il ne remarque pas votre fou rire devant sa mine déconfite !

Bilan de l'opération : un capot soulevé (celui de la voiture de derrière), un pare-chocs et des portes arrière défoncés (les siens) et surtout un week-end qui s'effondre. Vous voilà à nouveau confinée dans votre appartement… Vous essayez de trouver les mots pour tenter de le convaincre qu'il y a des choses plus graves dans la vie, surtout quand on a les moyens de subvenir aux frais engendrés par les réparations… Rien n'y fait… Il est désespéré ! C'est la pire épreuve qu'il vient de subir de sa vie ! Impossible de le dérider et de chasser ses idées noires ! Alors vous commencez sérieusement à vous impatienter… Vous n'en pouvez plus d'attendre ce qui ne se produira jamais, alors que vous avez tout essayé, jusqu'à lui faire réaliser une excellente opération immobilière (je précise qu'on vous prête quelques talents dans ce domaine !).

Un soir, ayant une indigestion de pizza quatre saisons, vous décidez de l'inviter dans un restaurant très étoilé. Ça vous changera ! Il accepte sans demander son reste. Vous vous préparez, plus séduisante que jamais et, bien sûr, comme d'habitude, vous passez le prendre. Il apprécie et se laisse faire, attendri par votre initiative. Vous avez décidé que ce soir-là, ce serait la folie des grandeurs. Pas de limites ! Et vous vous lâchez sur la commande : deux menus gastronomiques découverte, rien n'est trop beau, et des vins millésimés mémorables ! Il déguste du bout des lèvres, l'appétit presque coupé par la perspective du montant de l'addition à venir, même si, a priori, c'est vous qui invitez…

Mais hélas, vous ne vous lâchez pas que sur la commande. Tout ce que vous enfouissiez depuis des mois remonte sous l'effet des saveurs moelleuses, rondes et fleuries d'un excellent puligny-montrachet. Et vous explosez ! Pendant quatre heures, tout y passe ! Vous lui balancez – le verbe est volontairement choisi – tout ce que vous aviez toujours tu, mais jamais oublié : sa radinerie financière, mais aussi sa petitesse et son absence d'empathie dans ses rapports humains – un ami seulement, une attention focalisée sur sa mère, aucun intérêt pour l'autre en général ! Égoïste, égotique, égocentrique ! Il est ahuri, il ne vous reconnaît pas... Vous n'attendez même pas qu'il plaide sa défense, ou qu'il batte sa coulpe, vous demandez l'addition, soulagée de sentir votre estomac, bien que joliment rempli, allégé de ces remontées acides qui auraient compliqué votre digestion... Vous payez, vous vous levez et quittez la pièce, lui intimant de prendre le dernier métro pour rentrer chez lui ! Immobile, ahuri, sonné, il s'enfonce dans sa chaise, ne comprenant pas ce qu'il lui arrive ! Vous partez le cœur léger, la tête haute, le dos cambré, fière de vous, décidée à vous respecter enfin, d'arrêter de subir, et d'oublier cet être stérile, sec et radin qui vous a asséchée au lieu de vous épanouir...

Moralité de l'histoire : dès le début d'une relation, nous avons tous les éléments sous les yeux, qui feront que nous resterons durablement ou que nous partirons un jour. Nous ne savons pas les observer, ne voulons pas les retenir, nous interdisons de les interpréter… Il suffirait pourtant, pour gagner du temps et éviter de s'infliger ce genre de tortures inutiles et improductives, de se poser les bonnes questions, et surtout d'y apporter les bonnes réponses ! Très important aussi, la garantie de partager les mêmes rythmes de vie. Fuyez celui qui arrive toujours en retard lorsque vous vous faites un devoir, par respect et souci des autres, d'être toujours à l'heure, voire un peu en avance ! Ce petit détail, anodin les premiers jours, deviendra vite insupportable ! Fuyez celui qui ne sait pas comment occuper son temps, lorsque vous, vous ne voyez pas le jour, à cause d'un emploi du temps surchargé.

Ces anecdotes, certes romancées et pour le moins théâtralisées, nous font rire et alimentent nos soirées de filles. Nous adorons ces récits, pleins d'humour et d'ironie, qui nous permettent de réfléchir aux nouveaux équilibres qui s'instaurent aujourd'hui entre les hommes et les femmes. Nous tentons de comprendre ces messieurs qui nous laissent de plus en plus perplexes. Que fuient-ils ? De quoi ont-ils peur ? Il est vrai que les hommes de notre génération nous interpellent, nous désarçonnent et parfois, osons l'avouer, nous déçoivent... La grande majorité de ceux qu'il nous arrive de croiser, à ce stade de notre vie, sont perdus, hésitants, en recherche d'eux-mêmes, et préfèrent souvent fuir avant même d'oser entreprendre une relation... Par peur, par lâcheté ? Ont-ils changé ? Avons-nous changé, avec tous les acquis que nous avons grappillés ? Sommes-nous devenues trop exigeantes, impatientes, infréquentables, trop vieilles ? Où sont passés nos valeureux chevaliers ? Ceux qui appartiennent à la race des seigneurs, qui ont le courage de prendre des décisions, de les assumer, de s'engager, de faire des kilomètres pour voler à votre secours, de vous emporter au galop sur la croupe de leur cheval blanc ?

Ces messieurs nous imaginent fortes, courageuses, indépendantes, ce en quoi ils n'ont pas tout à fait tort, même si nous ne sommes pas que ça, loin de là ! Ils s'interrogent sur la place qu'ils pourraient occuper à nos côtés. Ils redoutent d'être jugés, comparés… voire quittés, s'ils ne sont pas à la hauteur ! Ils préfèrent jouer les cadors auprès d'une fille plus jeune, plus facile à éblouir, du haut de leurs parcours et de leur réussite… Il est vrai que nous rivalisons sur leur propre terrain, lorsque nous parvenons à bien gagner notre vie et à occuper des postes à responsabilités, voire à engranger des succès professionnels. Parfois même, nous accédons à des réussites plus spectaculaires. Inutile de vous préciser que la notoriété accentue la difficulté : pas évident pour un homme d'accepter le statut du prince consort !

L'idée serait de rencontrer enfin le profil idéal : un homme bien dans sa tête et dans sa vie, en pleine conscience et possession de ses qualités et de ses défauts, qui habite pleinement son être et son existence. Un homme éveillé, « bien fini », comme on dirait d'un vêtement de belle facture, ayant accompli son cheminement personnel, et réalisé ses désirs et qui ne recherche dans une relation à deux que l'essentiel, la joie du partage, le plaisir à être ensemble tout simplement, sans s'encombrer de tourments annexes et inutiles. Un homme qui s'imposerait, qui affirmerait ses choix et ses aspirations, qui vous tiendrait tête, qui ne serait pas dans la compétition et la rivalité, qui exprimerait ses besoins et répondrait aux vôtres. Un homme qui existerait par lui-même et par ses passions !

Aujourd'hui plus que jamais, nous avons besoin d'admirer l'homme que nous aimons, mais aussi l'envie d'exister par nous-mêmes. Comme dit le proverbe, mieux vaut être seule que mal accompagnée... De mon côté, j'en connais qui pourraient s'approcher de ce portrait... ou plutôt, je les reconnais ! Je reste une incorrigible optimiste, persuadée que le meilleur est à venir... Je n'ai pas dit mon dernier mot. Promis, l'amoureuse vous tient au courant !

Zones d'ombre

« Le doute est un démon bienfaisant. »

T. H. HUXLEY

Avez-vous remarqué combien nous, les femmes, avons une tendance particulière à douter, à ne pas croire en nos capacités, à nous remettre en question, à ne pas oser demander une augmentation, une promotion, attendant qu'on nous les propose eu égard à la qualité de notre travail ou de nos prestations ? Beaucoup d'entre nous courent après un besoin de reconnaissance, qui n'est pas toujours à la hauteur de ce que nous souhaiterions. En vous recevant dans les émissions que j'ai pu présenter, j'ai ressenti que nous nous ressemblions sur ce sujet et partagions les mêmes fragilités, les mêmes préoccupations. Les témoignages de celles d'entre vous qui ont grandi sans l'amour exprimé de leurs parents, en particulier de leur père, ce manque, cette absence de regards approbateurs qui vous permettent de franchir des montagnes, débouche bien souvent sur un manque de confiance en soi, une impression étrange de ne jamais être légitime… Exigence qui nous pousse à toujours prouver, et vouloir mieux faire… Recherche d'un regard attentif et bienveillant qui nous transcende et nous aide à avancer…

J'ai eu l'occasion dans les livres que j'ai pu écrire en collaboration avec mon ami le psychiatre Christophe Fauré de travailler et de réfléchir à ces pensées négatives qui nous constituent. L'objectif de ces livres sur le deuil, sur le cap de la cinquantaine, ou sur le moyen de surmonter les obstacles auxquels nous sommes confrontées dans la vie, était, en partant de mon vécu, de vous donner des clés, et de vous être utile, grâce au décryptage et aux conseils de Christophe. De longues heures de travail ensemble, qui m'ont épargné une longue psychanalyse et permis de grandir et de me libérer de certains de mes démons intérieurs.

Puis, chacun de notre côté, nous avons écrit : moi, racontant mes expériences, lui, élargissant le propos, et donnant des clés en s'appuyant sur sa pratique professionnelle. J'ai pris le parti de me dévoiler, en espérant que ma sincérité trouverait un écho en vous, et de vous livrer quelques réponses. Démarche risquée, je me sentais attendue au tournant... Vous avez répondu présentes et m'avez confortée dans la validation de cette aventure, si j'en crois les retours et les courriers reçus. Cette mise à nu vous a touchées et nous a probablement rapprochées. J'évoquais différentes fragilités, que la majorité d'entre nous partageons. Des pensées et des émotions négatives, dont il faut apprendre à se libérer, en osant les identifier, en les affrontant, et en les combattant. C'est souvent un travail de longue haleine, mais indispensable. Il faut d'abord les identifier.

Voici ce qui fut mon « best of » de ces petits polluants de l'esprit : « Je suis vide » ; « Je ne suis pas intéressante » ; « Je n'ai pas de valeur » ; « Je ne suis pas digne d'amour » ; « Je suis incapable de créer quoi que ce soit » ; « Je suis une usurpatrice » ; « Je ne réussirai jamais à asseoir un style, une différence, une identité... » Cette liste peut s'étendre à l'infini. Vous souriez ? Dans les pires moments, nous nous dévalorisons à l'extrême, sans rien nous pardonner. Nous nous condamnons en nous infligeant une pression dévastatrice. Et aussitôt la machine s'emballe : « Je me sens nulle, pas à la hauteur, inadéquate, sans intérêt. »

Cette intransigeance avec nous-mêmes paraît excessive, mais elle est familière. Nous nous reconnaissons toutes dans ces accusations, aussi absurdes soient-elles. Quand, d'aventure, je m'enlise dans des ruminations anxieuses, je m'attends au pire ; je construis des histoires épouvantables, je n'envisage que des issues négatives. Il m'arrive également de tomber dans l'autocritique systématique, où je suis impitoyable envers moi-même : je ne vois alors que mes défauts ou mes insuffisances. Difficile de faire la part des choses entre une autocritique raisonnée et utile, et une exigence démesurée. Quoi qu'il en soit, si je baisse la garde, ces pensées négatives démolissent mon moral, attaquent mon estime et minent ma confiance. Le danger de cette autocritique permanente est de se laisser aller à faire preuve de la même intransigeance vis-à-vis d'autrui. Je lutte contre cette dérive, qui produit une source inutile de tensions dans la relation à l'autre. Lorsque j'observe autour de moi certains de mes confrères ou de mes connaissances se livrer à une course éperdue vers le pouvoir, l'argent, le statut, la reconnaissance, en enchaînant les activités et en chargeant leur emploi du temps à outrance, je ne peux m'empêcher de penser qu'ils essaient peut-être de fuir, de compenser, ou de contrer cette intransigeance avec eux-mêmes. Les regrets et les culpabilités sont aussi de grands pourvoyeurs de négativité. Dans les moments sombres, je me surprends à ressasser mes mauvais choix, mes mauvaises décisions, mes paroles maladroites. C'est se torturer, sans pouvoir changer un iota de ce qui appartient au passé.

La seule direction à adopter, m'a dit Christophe, est d'accepter le réel tel qu'il est, et de retenir les erreurs commises pour ne pas les reproduire à l'infini. Le sentiment le plus pénible est celui du « jamais assez », dans le sens de « jamais assez bien », « jamais à la hauteur », et ce besoin permanent de chercher des compliments ou des confirmations. Il nourrit une perception de ne pas être totalement légitime là où l'on est. Cela crée d'importantes frustrations et un sentiment d'insécurité qui décuplent un manque de confiance en soi. Comme si tous nos efforts n'étaient pas suffisants pour nous rassurer. Je suis sous l'emprise de ce schéma quand je m'épuise à la tâche, rarement satisfaite de ce que je réalise, alors que les résultats de ce que j'entreprends sont pourtant là sous mes yeux ! Je constate alors que mes tensions intérieures sont la source qui alimente mes pensées toxiques. Toute situation de stress a le pouvoir de réactiver des croyances nuisibles, des blessures qui ramènent sur les traces de notre construction. Mes doutes et mes inquiétudes qui ont accompagné la fin de *Toute une histoire* et de *C'est au programme* trouvent leurs racines, selon Christophe, dans mon passé, celui d'une petite fille que la solitude, l'abandon, l'impuissance inquiétaient. Pourquoi un tel ressenti, alors que je n'ai pas l'impression d'avoir subi de gros traumatismes ? Et pourtant, ceux que j'ai vécus sont plus importants qu'il n'y paraît, d'après mon ami psychiatre… Enfant, je ne posais pas de problèmes, semble-t-il : bonne élève, sportive, j'essayais autant que possible d'être autonome pour ne pas déranger. Mon premier souvenir d'« abandon », je l'ai vécu à l'âge de quatre ans, à la naissance de mon frère. Épisode de jalousie classique, me direz-vous, et vous avez raison ! La jalousie s'est évaporée depuis bien longtemps, rassurez-vous, et nous entretenons aujourd'hui, mon frère et moi, des relations très proches. Ma mère, très occupée, poursuivait des études de biologie pour devenir chercheuse. Accaparée par son travail, l'attention qu'engendrait l'arrivée d'un bébé et la gestion de l'intendance familiale, elle n'avait trouvé d'autre solution pour y parvenir que de me déposer le matin chez une nounou, avant que je ne sois en âge d'aller à l'école. Je le vivais comme une déchirure, qui se traduisait par une difficulté à m'alimenter (cela a bien changé aujourd'hui !), notamment quand il s'agissait d'ingurgiter des choux de Bruxelles cuits à l'eau… J'en ai d'ailleurs gardé un dégoût à vie… Plus tard, elle choisit de scolariser mon frère à proximité de son bureau, à quinze kilomètres de notre domicile. Elle l'accompagnait le matin, le reprenait le soir. Tandis que moi, je restais dans notre village et vaquais à mes occupations sous le regard vigilant du reste de la famille habitant à proximité, notamment de mes grands-parents. Autonome, je me déplaçais à vélo, pour honorer toutes mes activités : tennis, basket, danse, piano. Je vous l'ai déjà dit, je partageais mon temps entre la cour de l'école de mes grands-parents maternels et le magasin de mes grands-parents paternels. Mon père, lui, n'avait pas beaucoup de temps à nous consacrer non plus, entre sa passion pour l'ornithologie et les combats dantesques qu'il menait contre les pouvoirs publics, sauf quand il nous emmenait dans les réserves naturelles qu'il avait contribué à créer, monde sauvage et iodé, au milieu des oiseaux, dans lequel il nous gratifiait de son savoir sur la faune et la flore locales. Pudique, passionné, il n'était pas vraiment du genre à nous accorder beaucoup de temps, à faire état de ses sentiments, à nous couvrir de compliments. Un petit « je t'aime », un « tu es jolie », un encouragement ou quelques félicitations m'auraient peut-être épargné cette course effrénée à la reconnaissance et cette recherche de regards d'hommes souvent plus âgés que moi ! Ne dit-on jamais assez à un enfant qu'on l'aime plus que tout.

Que s'est-il passé ? J'exprimais un manque, selon Christophe. Quelque chose qui échappait à mon entendement, et qui m'échappe encore aujourd'hui, était à l'œuvre, comme un besoin inassouvi d'être rassurée. Un travers parfois pénible à supporter pour mon entourage !

Ce sentiment d'abandon et de solitude a bien sûr été réactivé par le cancer de ma mère et sa disparition, à quarante-quatre ans. Je venais de fêter mes vingt ans. Je ne la verrais jamais vieillir. C'est terrible de devoir se construire alors qu'on se sent amputé d'une partie essentielle de soi-même. Il m'a fallu vingt ans, et l'écriture d'un livre cathartique, pour commencer à trouver une sorte d'apaisement. Mais ce traumatisme, bien sûr, laisse des cicatrices, des fragilités, conscientes ou pas. Ces blessures invisibles conditionnent notre existence. Elles se réactivent à la moindre occasion. Ces fêlures d'autrefois sont à l'origine de mes peurs d'aujourd'hui. Ce sont ces émotions d'enfant qui se réveillent chaque fois que je me retrouve dans ce contexte similaire de solitude, d'abandon ou d'impuissance.

Voilà pourquoi il est important de tirer les fils d'Ariane de nos émotions d'adultes. Elles nous réconcilient avec les ressentis oubliés de l'enfance. On réalise que nous sommes emprisonnés dans un état psychique immature. Alors qu'on pense être plus posé, réfléchi et responsable, nos émotions relèvent en réalité de l'enfance, et gouvernent nos actes et nos paroles. Certes, avec le recul, nous avons gagné en maturité mais, tant que nous ne prendrons pas conscience que « notre enfant intérieur », blessé ou traumatisé, tient les commandes de notre vie, nous serons sans cesse sous l'emprise du passé ! Il s'agit d'ouvrir les bras à l'enfant que nous étions, et de l'interroger : « De quoi ai-je réellement peur ? »

Par chance, je ne suis pas toujours sous l'emprise de mon passé. Il arrive que les récits de mes invités provoquent en moi des émotions fortes. Je dois ne pas me laisser emporter et ne pas trop entrer en résonance avec ce qui m'est relaté. J'ai eu l'occasion d'être fortement ébranlée, jusqu'aux larmes, mais j'essaie de garder cette distance protectrice : mon espace de sécurité. Il y a une grande différence entre le fait d'être touché par un récit, ce qui est souvent mon cas, et de s'y fondre, d'être submergé par les émotions douloureuses et personnelles. Cela m'est arrivé une fois, lors d'une émission où l'on évoquait la situation d'orphelins placés dans des familles depuis plusieurs années, que l'on arrache pour des raisons purement administratives à l'amour et à l'attachement de leurs parents adoptifs, dont je recueillais le témoignage. L'amour contre la décision inhumaine d'un chef de secteur, pour asseoir son pouvoir ! Ce jour-là, j'ai craqué ! Je ne supporte pas l'injustice et le mal qu'on peut faire à des innocents, en particulier à des enfants. La plupart du temps, je suis capable de me maîtriser…

Cette maîtrise, dont je sais faire preuve dans ma vie professionnelle, ne parvient pas toujours à se mettre en place dans ma sphère personnelle, même si j'ai progressé grâce à ce long travail d'écriture et d'introspection entrepris et mené à bien avec Christophe. Ce double vécu d'enfant, celui dont je suis consciente et celui qui reste inscrit dans mon inconscient, a constitué un terreau favorable pour l'insécurité et la peur. Essayer de refouler ses émotions n'est pas une bonne stratégie. Les anesthésier, en ayant recours à l'alcool, à des drogues, à des médicaments ? Non merci. Je préfère les assumer, telles qu'elles sont. C'est une route difficile à parcourir, mais incontournable. Parfois, il m'arrive d'être happée par un tourbillon d'angoisses, au point de me réveiller en pleine nuit, me sentant quasiment au bord du gouffre. La nuit est un temps redoutable, où l'on se trouve plus vulnérable : on est dans le noir, seule avec ses cogitations, et le réel n'est pas là pour pondérer nos folies. Mais si je prends le temps de réfléchir au contenu de ces délires, je suis consternée : rien de ce qu'ils me racontent ne correspond à ce que je suis et à ce que je vis. En ce sens, nous sommes capables d'être notre pire ennemi. Le grand danger de ce flot de pensées toxiques est de croire à ce qu'elles nous disent. C'est là que réside leur pouvoir de nuisance : « Si je pense que je ne suis pas à la hauteur, c'est que c'est vrai ! » Je le pense, donc c'est la vérité ? Eh bien non ! Il nous vient rarement à l'idée d'interroger ces pensées négatives, de les remettre en question. Il serait par exemple plus utile de se demander : « Est-ce que cette pensée décrit celle que je suis ? Est-elle aussi pertinente que cela ? » La plupart du temps, nous faisons fausse route ! En y adhérant aveuglément, on s'éloigne de soi-même et on sape sa force vitale !

Pour pallier mon angoisse de ne pas être à la hauteur, j'ai recherché le regard et l'approbation d'hommes ou de femmes, en général plus âgés que moi, espérant avancer et grandir en profitant de leur expérience, sans mesurer que je ne faisais ainsi que renforcer ma conviction de n'être jamais à la hauteur ! Pourquoi cette conviction ? Sans doute parce que je n'ai pas répondu aux attentes supposées de ma famille. On attendait de moi, descendante d'une lignée d'enseignants et d'universitaires, que je passe mon Capes ou l'agrégation pour ensuite intégrer l'Éducation nationale. Argument invoqué : l'honorabilité, la sécurité de l'emploi… et… les vacances qui vont avec. J'ai fait un autre choix. Par esprit de contradiction ? Pour leur prouver que je me réaliserais autrement ? Je pense tout simplement avoir été « contrariée » dans mon orientation, pour des raisons stupides. À l'époque, l'Éducation nationale « parquait » les bons élèves dans des classes de matheux, avec pour option allemand première langue et latin. Moi, la Bordelaise, qui passais toutes mes vacances en Espagne, j'ai dû partir en Allemagne... Logique, non ? Il se trouve que j'ai toujours eu d'excellents enseignants en allemand et que j'ai aimé cette langue qui suppose une attirance particulière pour la grammaire, pour laquelle j'avais une inclination réelle... En revanche les vacances d'été en Allemagne me réjouissaient moins que celles passées sous le soleil de l'Espagne, entourée de ma famille et de mes amis, vous l'imaginez... Mon problème, c'étaient les maths et la physique. Hélas, mes professeurs ont insisté pour que je fasse une terminale C, une section de matheux, qui ouvrait à l'époque toutes les portes de l'avenir. J'en avais la capacité, selon eux. J'ai donc passé un bac C, subi et enchaîné des heures et des heures de mathématiques et de physique-chimie, deux disciplines pour lesquelles je n'avais aucune facilité, alors que je me passionnais pour les matières annexes. J'ai obtenu mon bac poussivement, malgré des notes catastrophiques dans les matières scientifiques, ce qui ne me permettait pas de prétendre à une prépa.

Si je m'étais écoutée, j'aurais passé un bac D et peut-être entrepris des études de médecine. Mon véritable rêve était de devenir chirurgien, et de faire de l'humanitaire, une sorte de Bernard Kouchner au féminin. Mais avec des « si », on refait l'histoire. À quoi bon s'accrocher à des scénarios virtuels ? Dégoûtée par les sciences, j'ai préféré opter pour les langues étrangères, pas la filière qui conduit au professorat, mais celle qui débouche sur le monde des affaires, ce qui ne rassurait pas plus mon père. Je lui ai porté l'estocade quand, après ma maîtrise, j'ai décidé de suivre l'année spéciale de l'IUT de journalisme de Bordeaux, domaine dans lequel, selon lui, il n'y avait aucun débouché...

Ces doutes et ces errements, à cette période décisive, ont conforté cette idée que je n'étais pas à la hauteur intellectuellement, et instillé une litanie de « pas assez » : « pas assez méthodique », « pas assez cultivée », « pas assez diplômée ». La notoriété ne m'a pas apaisée. J'ai passé mon temps à courir après une vraie reconnaissance.

Voilà comment cet enracinement négatif m'a empêchée d'être moi-même et de m'accepter sereinement. Il m'a fallu des années et tout ce travail d'introspection pour accepter le fait d'être une professionnelle reconnue, animatrice d'émissions populaires, mais aussi auteure de livres. Je suis qui je suis, je n'ai rien à prouver à qui que ce soit, si ce n'est à moi-même. Sans avoir les compétences d'un professeur d'université, je peux m'appuyer sur ma réactivité, ma sensibilité et une intelligence émotionnelle qui me permettent aujourd'hui d'être dans l'exercice le plus honnête de mon métier. Je constate que je ne parviens à exprimer mon potentiel que lorsque je cesse de me demander d'être ce que je ne suis pas.

La méditation peut nous conduire à devenir « l'observateur de nos pensées », sans nous confondre avec elles. C'est ce que nous enseigne le moine bouddhiste Matthieu Ricard, que j'ai eu la chance de recevoir. Dans *L'Art de la méditation*, il nous dissuade de nous identifier à chacune de nos pensées – a fortiori à nos pensées négatives. Si l'on ne prend pas conscience de ce flot qui déferle en nous, nous sommes entraînés par le courant ! Il nous faut sortir du torrent et nous installer sur la berge, regarder le flux tumultueux de nos pensées s'évacuer comme des eaux bouillonnantes. On ne cherche pas à les réprimer, on les laisse exister sans en être le pantin impuissant ! Puis arrive l'heure où l'on recycle en boucle toujours les mêmes problématiques. Ce constat marque alors le début du changement. Il s'agit alors de « poser l'esprit », de calmer le flux chaotique, en s'accordant régulièrement un temps de méditation. Quand l'esprit est plus calme, moins agité, il est plus accessible, et les émotions négatives sont tenues à distance. Cela démontre bien que nous avons certes des pensées et des émotions nocives, mais que nous ne sommes pas nos pensées et nos émotions nocives. C'est une différence capitale !

En parallèle du travail réalisé avec Christophe, je me suis familiarisée avec cette approche : les débuts sont difficiles et nécessitent une vraie discipline, mais les résultats sont prometteurs ! Cette pratique de « méditation de pleine conscience » permet de vivre au plus près dans l'instant présent. N'oublions pas que les pensées négatives font souvent référence au passé ou au futur : la culpabilité, les regrets, les jugements et les critiques de soi renvoient au passé ; les ruminations anxieuses, les peurs, les soucis renvoient au futur. Quand nous sommes happés par les unes ou les autres, nous ne sommes plus dans le présent. Pour ne pas subir cette mauvaise influence, il faut s'efforcer de s'ancrer dans le réel : ce que je vois, ce que je ressens, ce que je pense, en prenant soin de ne pas me perdre dans les projections, futures ou passées. Simplement rester là ici et maintenant, attentive à tout ce qui se passe autour de moi, et en moi. On ne se livre plus alors en toute inconscience à notre négativité. Voilà ce qu'enseigne la pleine conscience. Ainsi on peut prendre des décisions qui ne sont pas influencées par notre négativité, et dès lors, le réel devient un tremplin sur lequel rebondir ! Notre regard change, se pose, s'ouvre. Et l'horizon se pare de paysages à conquérir…

Technique très utile pour rebondir après une épreuve, après une désillusion. J'adore ce proverbe italien qui dit : « Je suis tombé de cheval. Ça tombe bien, je voulais descendre ! »

Courage

> « Le courage n'est pas l'absence de peur, mais la capacité de vaincre ce qui fait peur. »
>
> Nelson MANDELA

Je me décrirais comme un vaillant et courageux petit soldat. Aristote considérait le courage comme un juste milieu entre la peur et l'audace, comme la vertu qui rend toutes les autres possibles. Du courage découleraient toutes les autres qualités, qui nous permettent de faire face à l'adversité. Bien sûr, il y a le courage physique – je n'en manque pas et me fixe des défis régulièrement : aller nager, par exemple, jusqu'à trois kilomètres à chaque fois, plusieurs fois par semaine, marcher au moins deux heures sur la plage, quelles que soient les conditions météorologiques, tenir trente heures de direct, quand il s'agit de présenter le Téléthon, ou grimper au sommet du mont Blanc, comme me l'a proposé Gérard Holtz il y a quelques années… C'est l'occasion à chaque fois d'apprendre sur mes limites et d'éprouver du bien-être, quand les objectifs sont atteints.

Il y a aussi le courage intérieur qu'on met en œuvre quand on est confronté aux épreuves et aux difficultés de l'existence. Par exemple quand on dit « non », alors qu'il aurait été plus facile de dire « oui », pour ne pas faire de vagues et être pris à partie. Et pourtant, avec courage, on s'impose ce « non », conscient des conséquences parfois inquiétantes que ce refus peut entraîner, dans un dessein d'intégrité à l'égard de soi-même. Je vous l'ai dit, j'ai parfois répondu « non » dans mes discussions houleuses avec William Leymergie à propos d'une option à prendre pour l'émission que je présentais, et qu'il produisait, et j'argumentais, pour tenter de le convaincre. Les discussions étaient coriaces, tendues mais toujours fructueuses, et je pense qu'il me respectait d'autant plus que j'osais lui tenir tête quand l'objectif me paraissait juste.

Courageux, on l'est quand on se dresse face à l'adversité ou à l'hostilité des autres pour défendre ses convictions, défiant les critiques et la désapprobation. La grande histoire foisonne de ces modèles de courage : le général de Gaulle et son appel du 18 juin, pour s'opposer à l'occupation allemande, le mahatma Gandhi, pour obtenir de l'Empire britannique l'indépendance de l'Inde, en maintenant le cap de la non-violence, sans aucune armée, avec calme et détermination, en dépit des menaces et des pressions qui pesaient sur lui. Et qui de plus courageux aujourd'hui que ces femmes qui ont osé dénoncer les humiliations, les sévices et les agressions sexuelles qu'elles avaient subies, en créant le mouvement #metoo pour libérer la parole de toutes celles qui, tétanisées par la honte, se taisaient depuis toujours… Il y a aussi les héros du quotidien, ceux qui, par exemple, à l'abri des regards, trouvent la force de se relever après avoir chuté, ou ceux qui, mettent leur vie en danger, au service des autres : je pense aux pompiers volontaires, en particulier, mais aussi, en ce moment plus que jamais pendant cette période de confinement liée à la pandémie engendrée par le coronavirus, à celles et ceux qui travaillent dans le corps médical, et qui prennent des risques tous les jours, ou à ceux qui ont eu l'obligation de se rendre au travail, s'exposant à la contamination potentielle, sans avoir à leur disposition le matériel de protection nécessaire.

Je me sentais bien inutile, moi, confinée comme la majorité des Français, devant mon clavier d'ordinateur ! Ces héros du quotidien, j'ai la chance et l'honneur de pouvoir les mettre en lumière dans ma nouvelle émission, *La Lettre* : des artistes choisissent une lettre qui les a touchés, écrite par un anonyme, souhaitant remercier ou distinguer un proche, pour sa qualité de héros de l'ombre, qu'il donne son temps aux autres, qu'il réalise des prouesses de courage ou d'abnégation… Leur point commun ? Ils méritent tous d'être à l'honneur pour une raison ou pour une autre. Je retrouve ainsi, grâce à cette émission, les témoignages d'anonymes que j'aimais tant en présentant *Toute une histoire.*

Agir en dépit de la peur, donc… Quand j'ai mis les pieds pour la première fois sur un plateau de télé, à l'âge de vingt-quatre ans, j'entrais dans un territoire qui m'était étranger. Mais j'y suis allée… Quand j'ai repris *Toute une histoire* pour remplacer au pied levé, du jour au lendemain, Jean-Luc Delarue ou présenté mon premier Téléthon, en succédant à Claude Sérillon, tout le monde m'attendait au tournant, certains espérant même que j'échoue. J'y suis allée… Quand Pierre et moi avons pris la décision de nous séparer, j'ai sauté dans l'inconnu. Je quittais le cocon protecteur familial, mais j'y suis allée…

Je déteste les « rentiers d'eux-mêmes ». J'ai fait le choix de « sortir de ma zone de confort ». Cet état psychologique où l'on se sent en sécurité, où l'on garde le contrôle et ne ressent ni stress ni angoisse. Une zone de confort qui conduit à choisir systématiquement les pistes qui n'impliquent aucune prise de risque, aucun challenge, aucune menace pour son équilibre intérieur. C'est choisir de conserver un emploi stable mais ennuyeux, c'est prolonger une relation qui ne vous fait plus vibrer, c'est redouter de s'exposer au stress réel d'un changement brutal, alors que notre existence nous paraît fade, endormie et figée. Comment peut-on espérer s'accomplir avec une telle disposition d'esprit ? Quelle erreur ! Je reconnais être gâtée par la vie, mais la majeure partie de ce que j'ai obtenu, je la dois à une volonté farouche de sortir de ma zone de confort. Sinon, je ne serais jamais parvenue à ce résultat ! Je ne serais pas la personne que je suis devenue, avec ses qualités et ses défauts, dont le plus grand atout est probablement de se sentir vivante, en marche, comme dirait un certain président…

Sortir de cette zone comporte des risques : se montrer vulnérable, s'exposer à la honte, ou tout simplement échouer. Le courage suppose la prise de risque. Est-il dangereux de sortir de sa zone de confort ? Oui ! Mais y rester s'avère bien plus destructeur ! Ce qu'on croit être un acte de protection devient une mutilation. On est l'otage d'une sécurité. On stagne, on meurt à petit feu, on ferme la porte à toutes les opportunités que la vie nous offre, on sort du flux dynamique, et l'on s'étonne alors de se sentir en décalage par rapport à ceux qui bougent et qui réussissent. En refusant les nécessaires évolutions auxquelles la vie nous invite, on risque de freiner son potentiel de développement, bref de régresser… Ne pas prendre de risques conduit à l'ennui, à la frustration, à la jalousie…

Ne vous arrive-t-il pas, au restaurant, d'observer à la dérobade des couples qui ne s'adressent pas la parole, qui ne se regardent plus, qui se concentrent sur le contenu de leur assiette, qui, englués dans leurs habitudes et leur routine, ne réalisent même pas qu'ils n'éprouvent plus aucun plaisir à se trouver l'un en face de l'autre, et dont on se demande pourquoi ils sont encore ensemble… à l'image du couple Gabin-Signoret dans *Le Chat,* de Pierre Granier-Deferre… Ce spectacle m'a toujours terrifiée et je me suis fait la promesse de ne jamais me retrouver dans cette situation : plutôt dîner seule, chez moi, qu'en face de quelqu'un qui m'ignore… Ou prendre le risque de rencontrer quelqu'un d'autre…

J'ai une profonde estime pour ceux ou celles qui ont osé prendre des risques, qui assument leurs errements, parfois leurs erreurs. Je me souviens à l'époque de la guerre que l'on a menée contre l'équipe de direction de France 2 sous l'égide de Jean-Pierre Elkabbach, accusée d'avoir offert des millions à des animateurs, pour qu'ils puissent monter leur boîte de production, les fameux « voleurs de patates ». C'était le cas de

Jean-Luc Delarue. À l'époque, moi je trouvais qu'il fallait un sacré courage pour endosser la responsabilité de devenir un patron d'entreprise, tout en restant un animateur talentueux chargé de produire de bonnes émissions et de faire une bonne audience. Jean-Luc Delarue, Arthur, Nagui ont gagné beaucoup d'argent certes, mais leurs audiences séduisaient et séduisent encore les publicitaires, constituant une sacrée tirelire pour la chaîne ! Cela suppose de savoir s'entourer, de croire en soi, d'avoir des idées, d'avoir des talents de commercial et de négociateur, de veiller à l'avenir et au sort de ses employés. Autant de qualités induisent une rémunération à la hauteur. Je n'ai jamais osé prendre le risque de monter ma boîte de production, consciente de mes limites dans le domaine des affaires. Je ne suis ni une négociatrice ni une commerciale, et j'ai préféré, par sécurité je l'avoue, conserver mon statut de salarié au détriment des sommes considérables que j'aurais pu gagner si j'avais pris ce risque-là. Je me suis mise en danger autrement, en relevant des défis, en acceptant des propositions folles, qu'elles soient professionnelles ou personnelles. Animer une émission de divertissement à une heure de grande écoute en collaboration avec Patrick Sébastien était, par exemple, une sacrée gageure... Comment trouver sa place face à une personnalité telle que la sienne, qui n'était pas habituée à partager le gâteau de l'animation ? Franchement pas évident. J'ai fait ce que j'ai pu en étant avant tout touchée par le fait qu'il ait souhaité travailler avec moi. Mais je n'étais pas dans mon registre ! J'ai appris malgré tout de cette expérience, notamment en le regardant travailler, improviser et occuper la scène comme il le fait. Un vrai showman ! Autre genre et autre défi : accepter de partir au Mexique, dans les valises du producteur génial Jacques Antoine, pour animer un jeu totalement avant-gardiste à l'époque, *La Piste de Xapatan*. Je venais de me marier, et je vivais comme un crève-cœur de devoir partir plusieurs semaines loin de mon foyer pour vivre une aventure dans des conditions rocambolesques dont je ne savais pas grand-chose. Nous étions installés à mille kilomètres au nord-est de Mexico, pas très loin de la frontière américaine, dans une sorte de ville du Far West plutôt fantôme où il n'y avait rien à faire, rien à visiter. Pas la moindre pyramide à la ronde. Le tournage a duré beaucoup plus longtemps que prévu. Alors que nous étions censés travailler en pleine saison sèche, des pluies tropicales n'ont cessé de venir jouer les trouble-fête en nous contraignant à rester enfermés dans un hôtel délabré, à l'ambiance moite et humide comme dans *L'Amant* de Marguerite Duras... en nous faisant accumuler un retard considérable. Les journées devenaient interminables. Il fallait prendre sur soi et faire preuve de patience. Les conditions étaient difficiles, le terrain de jeu impraticable, la piste étant devenue totalement boueuse, et cela rejaillissait sur notre moral. Il a fallu tenir des jours et des jours, résister à l'envie de rentrer, et rester concentrée sur l'enjeu qui s'annonçait : animer en conduisant un énorme 4 × 4, parfois plus large que la piste, transportant six candidats masculins à l'arrière, qui se tenaient debout accrochés à une barre transversale. Une femme, sur les traces d'Indiana Jones, à la tête d'un jeu d'aventures passant à l'heure de plus grande écoute, en 1992, c'était plutôt innovant. L'idée en revenait à Marie-France Brière, alors grande prêtresse des divertissements sur France 2. J'ai assuré et suis allée au bout de l'expérience, une vingtaine d'émissions, et je suis enfin rentrée, plusieurs mois plus tard, probablement enrichie et transformée par cette expérience. Mon mari était toujours là, fidèle au poste, ce qui n'était pas gagné ! Mais il avait trouvé le temps long… Nous avons dû refaire connaissance et réapprendre à vivre ensemble ! Nous aurions pu nous perdre dans cette distance imposée, mais nous nous sommes accrochés !

Chaque défi relevé provoque une fierté et une occasion de découvrir ses ressources et ses capacités. Chaque succès consolide l'estime de soi. Chaque nouvelle expérience vous permet d'avancer, d'apprendre, et de vous sentir vivant.

Sortir de sa zone de confort implique de ne pas toujours être raisonnable et rationnel dans ses choix. Je suis bien placée pour le savoir : il m'est arrivé de faire quelques choix pour le moins hasardeux, dans ma vie privée, par exemple… L'objectif est d'en comprendre les raisons et d'en tirer les leçons pour éviter de reproduire les mêmes erreurs. Il faut savoir aussi s'abandonner à la spontanéité, se laisser guider par l'intuition ou l'énergie du moment, sans trop réfléchir, sinon on n'avance pas ! Passer à l'action sans laisser les doutes ou les craintes nous freiner, foncer avant que les interrogations et les peurs ne nous rattrapent et viennent saper notre confiance. Le courage, finalement, c'est prendre conscience que ce que l'on veut accomplir est supérieur ou a plus d'importance que la peur qui nous empêcherait de passer à l'acte. Mais c'est aussi la capacité d'agir avec une forme de bienveillance à l'égard de soi-même : être courageux, c'est se faire violence, s'approcher du précipice, tout en contrôlant l'appel du vide. Exercice périlleux qui suppose de préserver une certaine tendresse et compassion envers soi-même ! Et pour contrôler ce vertige, il s'agit de cultiver ses disciplines intérieures : le sens de l'effort, la détermination, la persévérance, la curiosité…

« On n'a rien sans rien », « Rien n'est jamais acquis »… Vous connaissez ces expressions populaires. C'est du bon sens, je l'ai vérifié cent fois : la condition non négociable de la réussite est l'effort constant, le travail, une notion que je passe mon temps à inculquer à mes enfants, en leur montrant l'exemple. Je travaille beaucoup, avec bonheur, ayant la chance d'être passionnée par la plupart de mes activités. Mais rien n'est tombé du ciel : je m'en suis donné les moyens, je n'ai bénéficié d'aucune aide extérieure, d'aucun passe-droit. Je récolte aujourd'hui les fruits des graines que j'ai semées avec détermination, patience et persévérance.

Patiente, oui, je l'ai été... Je suis une alliée du temps. J'ai privilégié la durée et toujours attendu la bonne occasion, le bon moment pour saisir une opportunité où toutes les conditions me semblaient réunies : la bonne idée, le bon alignement des planètes, entre mes compétences, le temps que je pouvais y consacrer, ma situation familiale et personnelle, et l'envie que j'éprouvais ou non. Je suis une aventurière prudente. Hors de question de prendre des risques inconsidérés. Je prends le temps de les analyser avant d'agir. Je me souviens de discussions houleuses avec Pierre, quand lui était capable de quitter une situation qu'il maîtrisait et qu'il avait domptée avec succès pour se lancer à corps perdu dans de nouvelles aventures... Toujours avec succès, certes, mais je ne comprenais pas qu'il ne s'installe pas dans les espaces conquis, dans lesquels il pouvait donner le meilleur de lui et de ses compétences. Il aurait pu, selon moi, en récolter les bénéfices. Mais il estimait à chaque fois avoir fait le tour de la question et, en vrai compétiteur, il préférait relever un autre challenge sans assurer forcément ses arrières. Sacré tempérament, fougueux, indomptable, fonceur, quoi qu'il arrive, et toujours positif, qualité appréciable... Je l'ai admiré bien sûr. Mais j'ai tremblé pour lui, et pour notre équilibre familial, plus d'une fois : ce n'était ni rassurant ni reposant ! Donc moi, j'assurais, je m'accrochais, je tenais bon la barre et bordais la voile, par temps de tempête ! Il ne tenait pas compte de mes arguments, et me jugeait trop prudente, incapable de prendre des risques. Là, il se trompait... La suite lui a prouvé le contraire, sur le plan personnel et sur le plan professionnel. Mais j'ai pris mon temps, c'est vrai... Et j'ai opté pour les aventures de longue durée : dix ans de présentation de la météo, vingt et un ans de Téléthon jusqu'à aujourd'hui, vingt et un ans de *C'est au programme*, sept ans de *Toute une histoire* – deux émissions que j'ai arrêtées contrainte et forcée, décisions de la direction obligent. Sinon, j'y serais encore pour le meilleur ou... pour le pire. Pourquoi ces longues durées ? Par conviction et fierté (pour le Téléthon, par exemple !), par fidélité à des équipes, pour le bonheur de les retrouver chaque jour, par confort aussi – confort relatif, car les audiences sanctionnent notre travail tous les jours, et il a fallu évolué et être créatif au quotidien pendant toutes ces années, ce qui est loin d'être facile et de tout repos –, pour me rassurer aussi, je me dois d'être honnête... « Hâtez-vous lentement ; et, sans perdre courage, vingt fois sur le métier remettez votre ouvrage »... Je suis l'illustration de cette maxime de Nicolas Boileau !

Le fait de devoir rebondir, outre les tristesses, les insécurités, les inquiétudes que ces revirements de situation engendraient forcément, m'a obligée à me remettre en question, à avancer, à mettre en branle tous mes atouts, à puiser au fond de moi toutes les ressources, et j'ai réalisé que j'étais... vivante, ô combien ! J'ai choisi de ne pas considérer ces décisions de suppression de mes émissions comme une sanction personnelle, et de ne pas l'interpréter comme une remise en cause du travail que nous avions fourni toutes ces années. Armée de ce nouveau bagage, à moi de déterminer mes envies ! Pour rebondir, il est rare que les circonstances favorables se présentent spontanément. Pour que les choses avancent, j'ai dû aller à leur rencontre : prendre mon téléphone, discuter avec des gens, être force de propositions. Sénèque disait : « La chance, c'est ce qui arrive quand la préparation coïncide avec l'opportunité », soulignant ainsi la complémentarité entre la préparation (le travail en amont, le développement de son potentiel) et l'opportunité (les circonstances favorables qui se présentent à nous). La chance n'est pas uniquement liée au hasard, elle peut être provoquée, je l'ai vérifié à maintes reprises. Alors, comment se préparer pour créer les circonstances favorables qui se transformeront en chance ? En restant sans cesse en éveil, attentif et ouvert à toute nouveauté, en élargissant sa « zone d'influence ». Plutôt que de se lamenter sur le passé, canaliser son énergie sur des projets d'avenir… et développer une qualité, selon moi, déterminante : la curiosité ! Elle alimente notre motivation à aller de l'avant, ce qui, en retour, dynamise notre effort. La curiosité, c'est l'envie de découvrir de nouveaux horizons, ou de nouvelles façons de penser. C'est l'aspiration à comprendre, à chercher les informations dont on a besoin pour mieux maîtriser un sujet. C'est dépasser notre « zone de confort » et notre vision parfois trop limitée du monde. Pourquoi dit-on que la curiosité est un vilain défaut ? C'est au contraire la plus stimulante des qualités ! Être curieux rend heureux et fait avancer. Il y a une vraie joie à aller au-devant de ce que l'on ne connaît pas : découvrir une personne ou un lieu, aborder un sujet d'introspection totalement inconnu, ou vivre une nouvelle expérience. Cela ouvre le cœur et l'esprit.

C'est valable dans nos relations avec autrui : s'intéresser sincèrement à quelqu'un, lui accorder notre attention, vouloir découvrir ce qu'il est ou ce qu'il vit, crée un lien fort. J'en ai fait mille fois l'expérience en présentant mes émissions. Quel bonheur à chaque fois d'être face à des personnalités aux univers différents ! C'est passionnant de les observer, de les passer au scanner, de sonder les richesses de leur âme. Il n'est pas question de discuter avec elles en coulisses avant l'antenne, sauf, comme cela arrive parfois, si elles ont besoin d'être rassurées. J'aime conserver la spontanéité du premier contact. Je ressens aussitôt l'être que j'ai en face de moi. Je « flaire » le ou la bonne cliente, l'introvertie timide qui me donnera du fil à retordre. Avec le temps et l'expérience, ma perception de l'autre s'est aiguisée et affinée... Être curieux est un choix volontaire, qui ne relève que de notre seule et unique responsabilité. Si je suis curieuse de ce qui m'entoure, je l'invite dans ma vie. J'observe que les personnes qui se replient sur elles-mêmes se dessinent un quotidien moins lumineux : l'œil perd de sa vivacité, le physique se ramollit, l'esprit s'assombrit, le pétillant de la vie s'éloigne inexorablement !

Le plaisir d'apprendre accompagne cette notion de curiosité. Apprendre en acquérant des connaissances bien sûr, apprendre des événements de notre vie aussi, apprendre à mieux se connaître pour éviter de reproduire les erreurs du passé. Cette dynamique liée à l'apprentissage réinjecte de l'énergie et du plaisir dans la vie. Plus encore, il est aujourd'hui démontré qu'apprendre tout au long de la vie réduit les risques de survenue de la maladie d'Alzheimer, et des troubles dégénératifs associés. J'adore découvrir chaque année en préparant le Téléthon les nouvelles avancées de la médecine dans le domaine de la recherche sur les maladies génétiques.

Pour rester une bonne médiatrice entre les explications techniques et pointues des scientifiques et la compréhension du grand public, je dois assimiler beaucoup d'informations, afin de décrypter pour les téléspectateurs les programmes d'étude mis en œuvre grâce à leur générosité. Cela implique des heures d'élaboration de fiches techniques pour construire un argumentaire simple, explicite, efficace. D'ailleurs la curiosité et l'envie d'apprendre sont un moteur pour les parents dont les enfants sont touchés par l'une de ces maladies graves. À leur niveau, ils se renseignent et mènent des investigations sur Internet, à la recherche de cas similaires à celui de leur enfant. C'est une façon pour eux d'engager le combat, de moins subir et de nourrir le travail des chercheurs avec lesquels ils sont en lien.

Comme vous, j'apprends aussi beaucoup tous les jours, grâce à l'expertise et à la compétence des commissaires-priseurs qui sont à mes côtés dans *Affaire conclue.* Le spectre de leur culture générale est très vaste, et c'est pour moi un enchantement de boire et d'assimiler leurs connaissances. Je n'exclus pas d'ailleurs de m'inscrire à des cours du soir d'histoire de l'art, pour aller plus loin ! Vous vous amusez de constater mes progrès dans le domaine de l'histoire des objets et de l'histoire de l'art en général ! Apprendre est l'une des motivations qui vous poussent à regarder ce programme, j'imagine. Et qui sait si un jour je n'ouvrirai pas ma boutique d'antiquités et de brocante ? Je suis à bonne école avec mes nouveaux camarades de jeu !

Tempérament !

« Je ne me préoccupe pas de l'opinion des autres quant à ce que je fais, mais de ce que moi je pense : c'est ça, avoir du tempérament. »

Théodore ROOSEVELT

Le tempérament est l'humeur innée de la personne, et le caractère naît de la confrontation entre ce tempérament et l'environnement de l'individu. Avoir du tempérament se dit aussi de la nature d'un être humain doté d'une forte personnalité.

Avoir du tempérament. Avoir du caractère. Donner son avis. Se mouiller. S'engager. Prendre position. Râler. Critiquer. Se moquer.

Rire. Réagir. Être dans l'action. Ces quelques verbes définissent une manière d'être à la vie. À plusieurs reprises dans l'histoire, les Français ont fait preuve de tempérament : lorsqu'ils se sont opposés à la royauté, lorsque, girondins, ils se sont opposés aux élites jacobines, plus récemment en paralysant la France pour faire entendre leurs revendications et en initiant un mouvement qui fera des petits à n'en pas douter, celui des Gilets jaunes. Quel sera le monde de l'après-Covid-19 ? Les Français seront-ils acteurs de l'invention du monde de demain, en faisant entendre leur voix ? Dans cette immense crise sanitaire qui a paralysé l'ensemble de la planète, ils se sont illustrés à travers des initiatives remarquables de créativité et de solidarité, en ne s'en laissant pas conter par un pouvoir trop tâtonnant. Ils ont encore montré qu'ils n'avaient pas l'intention de rester passifs ! Notre peuple, par son esprit gouailleur, râleur, désobéissant, frondeur, se démarque de certains voisins européens plus suiveurs.

Je me situe dans cette lignée. La longévité, dans mon métier, n'est pas le fruit du hasard. Elle suppose des qualités de courage, de rigueur, d'endurance, de savoir-vivre et de savoir-être avec des équipes dont il vaut mieux se faire apprécier, mais aussi d'avoir une personnalité, dotée de tempérament, avec des aspérités, des particularités qui créent du lien avec le public, qui trouvent un écho et provoquent sa réaction. On suscite une impression, bonne ou mauvaise. Rien n'est plus ennuyeux qu'un animateur ou une animatrice lisse, sans relief, dont on ne devine ni les humeurs, ni les goûts, ni les états d'âme, ni les préférences, ni les ressentis, dont on n'apprend rien, dont on ne sait rien ! Ils sont alors interchangeables, s'effacent souvent derrière un concept fort, et de ce fait, le public ne les retient pas. D'autres, tout en restant professionnels, laissent transparaître leur véritable nature, leurs goûts, leurs affinités, leurs points de vue, leurs émotions, leur humour, leurs amusements, leurs désappointements, leurs agacements parfois (hélas !)...

Animer... Voici la définition qu'en donne le *Larousse* : « Inspirer quelqu'un, le pousser à agir. Rendre un propos, un récit plus vif, plus vivant. Donner du mouvement, de l'activité à un lieu, à une entreprise... » J'ajouterais : donner une âme. Lourde tâche que la mienne, à la tête des émissions que je présente. Il s'agit de mettre en valeur ceux qui m'entourent, d'obtenir le meilleur d'eux, d'en faire des personnages auxquels les téléspectateurs peuvent adhérer et se référer. De les aider lorsqu'ils sont en difficulté, de leur permettre de se révéler lorsqu'ils sont inhibés, de les mettre à l'aise lorsqu'ils sont intimidés, de les pousser dans leurs retranchements lorsqu'ils ont de la répartie, de les tempérer lorsqu'ils en font trop, d'aller chercher leurs émotions quand elles sont là, de les inviter à se confier... *Affaire conclue* est la seule émission du paysage audiovisuel français à ne pas caster les futurs intervenants. Seuls les objets qu'ils viennent vendre sont passés au crible par l'équipe de production. Je suis donc en face de personnes qui pour la plupart ne sont jamais passées à la télé et qui de ce fait sont paralysées à l'idée d'être filmées et... de me rencontrer. Il s'agit de les mettre à l'aise et de tout de suite capter à qui j'ai affaire pour en tirer le meilleur et en faire un moment télévisuel le plus savoureux possible. Je tombe parfois sur des phénomènes, des personnalités roublardes et affirmées, qui viennent faire un numéro : je les laisse alors en roue libre, laissant le téléspectateur juge de leurs prestations...

ou je tempère, quand ça devient excessif et qu'on frôle le ridicule ! J'aime être cueillie par l'émotion qui se dégage soudainement d'un vendeur, à l'idée de se séparer d'un objet ayant appartenu à un être cher disparu. Ou par une personnalité qui irradie sur le plateau une aura extraordinaire. Quand je présentais *Toute une histoire*, je me préparais psychologiquement à me blinder en fonction du thème abordé, lorsque je savais que le sujet du jour ferait écho en moi. Le témoignage d'enfants orphelins, par exemple, ou de familles d'accueil qui s'étaient attachées aux enfants, dont elles avaient dû se séparer à la suite d'une décision administrative faisant fi de tout contexte affectif ! Là, je résistais à l'émotion qui m'étreignait tant bien que mal. Mais c'est toujours au moment où je ne m'y attendais pas que j'étais vraiment dans l'incapacité de réagir, anéantie : un regard, une attitude, une réflexion, et l'émotion prenait le dessus ! Je suis à la fois un moteur et un réceptacle… Je suis là aussi pour me mettre à la place du téléspectateur, et pour poser les questions qu'il pourrait avoir envie de formuler.

À la différence du journaliste qui va chercher une information, en restant en retrait autant que possible, l'animateur doit se mettre en scène et contribuer au spectacle. Je vous l'ai dit, j'ai reçu à l'IUT de Bordeaux une formation de journaliste. À ma grande surprise, mes professeurs m'avaient attribué le stage de fin d'année le plus convoité : deux mois à la rédaction d'Antenne 2, au service société. J'ai voulu comprendre leur décision et leur motivation, en demandant à les rencontrer. Je me trouvais trop jeune, pas suffisamment aguerrie, alors que d'autres étudiants m'impressionnaient par leur maturité et leur savoir-faire. Alors, pourquoi me choisir, moi ? Certes j'avais marqué des points avec mon mémoire sur Christine Ockrent, mais je me jugeais vraiment trop inexpérimentée pour me retrouver en présence de cadors du journalisme. Amusés par ma démarche (c'est tout juste si je ne les traitais pas d'inconscients !), ils m'ont répondu que, selon eux, dans cette promotion d'étudiants, j'étais celle qui avait la plus grande adaptabilité. Je dois avouer qu'à l'époque, j'avais du mal à saisir le sens de cette notion. L'adaptabilité... La faculté de s'adapter à l'environnement, aux gens, aux situations. Au fil de mes années d'expériences professionnelles, j'ai pu vérifier ce qu'ils entendaient par là… J'ai souvent pensé à eux, et à leur finesse d'analyse et de jugement. Bien vu de leur part !

En enchaînant les aventures multiples qui ont jalonné mon déjà long parcours, j'ai dû faire preuve d'adaptabilité en permanence, c'est vrai. Pas évident de passer du reportage à la présentation de la météo, de devenir une « vedette » alors que vous ne l'aviez pas du tout programmé, de présenter le Téléthon et de succéder à des monstres de professionnalisme, d'être à la tête d'équipes et de programmes différents et d'en faire des aventures qui durent.

Avec l'expérience et les années, les joies et les tristesses, les succès et les déconvenues, ma personnalité s'est affinée, étoffée, aiguisée, et je me laisse de plus en plus aller au naturel, tout en sachant précisément où se situent les limites, bien sûr ! Je me souviens que William Leymergie nous disait toujours : « Méfiez-vous du syndrome de la salle de bains ! », autrement dit, gare aux dérapages, vous êtes à l'antenne devant des milliers de téléspectateurs et pas chez vous, seuls devant votre miroir, attention à ce que vous dites et à ce que vous faites ! Je n'ai jamais oublié son conseil, même si cela ne m'a jamais empêchée d'afficher la plus grande spontanéité et le plus grand naturel ! Je me permets aussi de me « lâcher » un peu plus aujourd'hui pour répondre aux attentes du producteur d'*Affaire conclue* qui, je vous le rappelle, m'avait demandé de faire de ce programme quelque chose qui me ressemble !

Je vous raconte tout cela pour vous dire que je sais que ma personnalité suscite bien des réactions et des commentaires, en grande majorité élogieux et favorables, mais aussi critiques voire violents, parfois même excessifs, notamment sur les réseaux sociaux, émanant souvent d'individus qui parfois préfèrent lâchement garder l'anonymat. On ne peut pas plaire à tout le monde, ça c'est une certitude ! J'élimine et j'oublie ceux qui déversent leur haine de façon systématique et gratuite, me demandant ce qu'ils viennent faire sur mes réseaux, s'ils me détestent à ce point ! J'imagine qu'ils se font du bien et, quelque part, je m'en réjouis pour eux ! Mais permettez-moi de m'adresser aux grincheux et de peut-être tenter, non pas de les faire changer d'avis, mais au moins de leur soumettre mes arguments. D'abord, soyez certains que je vous lis ! Et que je prends en compte vos critiques, jusqu'à me remettre en question lorsqu'elles me paraissent justifiées. Certaines, pertinentes et fondées, me font avancer : « Dans *Affaire conclue*, pourquoi demandez-vous aux vendeurs ce qu'ils vont faire de leur argent ? », par exemple. Je considère que lorsque c'est une grosse somme et que le futur projet a du sens par rapport à la vente dudit objet, la question mérite d'être posée. C'est une information supplémentaire. Mais j'ai arrêté de la poser pour des petites sommes, réalisant, grâce à ces remarques notamment, que cela pouvait engendrer une certaine gêne. D'autres remarques, injustes et excessives, me blessent et m'atteignent. Je n'y suis ni indifférente ni insensible ! Quand certains me trouvent hautaine, par exemple, ou contente de moi. Faux, archifaux, s'il y en a bien une qui doute, c'est moi ! Parfois trop même, au point d'agacer ceux qui m'entourent ! Sachez, pour commencer, que notre travail est remis tous les jours en question, sanctionné par des audiences quotidiennes, ce qui nous donne déjà une bonne indication sur la manière dont nous sommes reçus par les téléspectateurs ! Nous passons notre temps à nous interroger sur notre façon d'être, de faire, sur ce que nous pourrions améliorer, sur les écueils que nous pourrions éviter, donc, mieux que personne, je sais que rien n'est acquis, et qu'on peut toujours mieux faire… Et si mes émissions ont tenu sur la durée, c'est parce que nous avons su les faire évoluer et répondre aux attentes du moment. Alors, pour vous prouver que je me tiens informée de vos remarques, je vous propose de passer en revue celles que l'on m'adressent le plus fréquemment et de vous donner ma version des faits !

« Elle coupe la parole ! »

Eh oui, c'est vrai, je coupe la parole : cela fait partie de mon métier. Je suis avant tout chargée de respecter des temps, hélas, limités. Si je laissais tout le monde s'exprimer sur la durée, les émissions seraient interminables, et le journal ne pourrait plus avoir lieu à vingt heures ! Donc, oui, je coupe la parole quand le temps est écoulé, quand je juge que le propos manque d'intérêt, quand on redit ce qui vient d'être dit, par exemple ! Il m'arrive aussi de couper la parole pour demander une précision ou une clarification. Ou pour ajouter un grain de sel ou de poivre qui vont donner du piment aux propos…

« Elle est sympa dans la vie ? »

C'est la question que l'on pose le plus souvent à mes collaborateurs. Comme si certains doutaient et se disaient que, dans la vraie vie, je dois être à l'opposé de la personne qu'ils voient dans leur téléviseur… Soyez-en sûrs, je suis la même ! La seule différence, c'est que parfois, dans certaines situations, où j'aspire à de la tranquillité, je suis obligée de me protéger et de me cacher derrière une sorte de réserve, pour éviter que tout le monde ne vienne me solliciter. Quand je fais mes courses, quand je suis chez le médecin, quand je fais du sport, quand je suis préoccupée par un problème matériel ou psychologique, j'aime me retrancher à l'intérieur de ma forteresse et je peux passer pour quelqu'un d'un peu froid, pas très avenant, à l'opposé bien sûr de l'image souriante et chaleureuse que j'affiche à l'écran. Il m'arrive aussi de me montrer assez réservée quand je débarque dans une assemblée que je ne connais pas : je suis prudente, un peu timide, je sens les ondes, je scanne les personnalités, avant de me dévoiler, ou non… Même chose avec certains de mes collaborateurs : je maintiens parfois une distance quand j'ai un doute ou une hésitation sur telle ou telle personnalité, avant, avec certains d'entre eux, de me laisser aller totalement à un rapport de proximité, de confiance et d'amitié. Ou pas, lorsque quelque chose me dit qu'il vaut mieux que je garde mes distances… Dans mes moments de retenue, mes collaborateurs sont parfois désarçonnés d'être tenus à distance et se disent impressionnés par les barrières que j'érige… Il est normal de se protéger lorsqu'on est en permanence scrutée, observée, jugée… Leur première perception est en général vite balayée, quand je finis par baisser la garde ! L'inverse se produit aussi : une complicité immédiate, la certitude de se ressembler, et de pouvoir se laisser aller à la confiance et aux confidences. Car ma vraie nature est d'être plutôt extravertie, bavarde et joviale ! Mais j'ai appris à me blinder et à me méfier de la manière dont vont être utilisés ou détournés mes propos… Il m'est par exemple arrivé de retrouver des confidences à la une de torchons… ou de me brouiller avec des amis parce qu'on leur avait rapporté des propos déformés, sortis de leur contexte... Et dans ces conditions, c'est parfois compliqué de parvenir à leur prouver votre bonne foi !

On ne peut pas toujours être d'une humeur égale, se donner en représentation, passer son temps à se contrôler... C'est comme le comique, dont on attend qu'il soit drôle quand on le croise dans la rue : non, il n'est pas sur scène, il a le droit de faire une pause et de vivre sa vie normalement, comme tout le monde, même s'il saura extraire de son existence quotidienne des situations irrésistibles et les proposer sur scène au public par la suite. C'est l'écueil de ces métiers publics. On attend de vous que vous soyez toujours sur le même mode, à 100 % de votre rendement ! Nous ne sommes que des êtres humains, certains plus « normaux » que d'autres.

J'en connais qui, hélas, ont perdu le sens de la réalité, c'est vrai. Le succès et l'argent qui en découle leur montent à la tête, et ils tombent dans les excès de la surexposition et dans la folie des grandeurs, qui se traduit par une débauche de dépenses. Ils se croient invincibles, tout leur est permis... Jusqu'à la chute fatale, et les revers de fortune. Ce n'est pas mon cas ! Je vous l'ai dit, j'ai gardé les pieds sur terre, grâce à l'éducation que j'ai reçue, l'exemple de mes aînés, et peut-être la disparition précoce de ma mère... J'ai compris très jeune que la vie pouvait basculer d'un instant à l'autre, et qu'il ne fallait pas la brûler par les deux bouts. J'ai la chance aujourd'hui de bien gagner ma vie et de pouvoir me faire plaisir. Cela n'a pas toujours été le cas ! Mais je ne tombe pas dans les excès et les délires. De toute façon, je n'en ai pas les moyens... et cela ne correspond pas à ma mentalité. Je suis plutôt raisonnable dans ce domaine. J'essaie de dépenser mon argent intelligemment (si l'on exclut les quelques dépenses vestimentaires compulsives, mais qui font tellement de bien, sur le moment... malgré les protestations de mes placards !), de construire un patrimoine pour mes enfants. Je vis simplement, je fais mes courses, je gère mes obligations administratives, j'affronte mon quotidien, comme tout le monde, bien que plus avantagée que certains bien sûr !

A priori, j'ai une vie qui ressemble à la vôtre, loin de ce que vous imaginez peut-être... Je ne me perds pas dans les mondanités, dans les sorties où il faut être vu, je reste chez moi, tranquille, devant un bon film ou avec un bon livre, ou je dîne au resto en tête à tête avec quelqu'un que j'ai envie de voir. Pour les personnes publiques que nous sommes, le véritable fléau du moment, ce sont les téléphones portables. Il devient aujourd'hui risqué de s'exposer dans un lieu public avec une personnalité, lorsque vous souhaitez la voir en toute discrétion, pour une raison qui vous appartient ! Vous êtes à la merci du premier photographe amateur venu, qui voudra immortaliser la scène et créer ou alimenter ainsi d'éventuelles rumeurs... On doit devenir méfiant et stratège pour échapper à ce genre de situation ! Pour vivre heureux, vivons cachés ! Parfois j'accepte de faire un selfie mais au fond de moi, je redoute l'utilisation qui en sera faite... En fonction de mon humeur et des situations, j'avoue qu'il m'arrive de refuser, quitte à essuyer une réflexion. Surtout quand la personne en face de moi se montre impolie, et considère que je suis sa chose ! Car certains se comportent devant vous comme si l'écran du téléviseur vous séparait encore et se lâchent à formuler certains commentaires que vous entendez en direct live, bien malgré vous.

Se présentent aussi, et c'est la grande majorité, des gens adorables, bien élevés, avec lesquels je prends du plaisir et le temps de discuter, et de procéder à mes petits sondages sur leur perception à propos d'une émission, d'une personnalité, d'un moment particulier... Cela m'arrive souvent avec les chauffeurs de taxi : j'adore bavarder avec certains d'entre eux, quand ils sont avenants, sympas, ouverts, intéressants, et j'en retire bien des enseignements. C'est important de prendre le pouls du public, et j'adore plus que tout faire de nouvelles rencontres, poussée par ma curiosité naturelle et mon intérêt toujours renouvelé pour la nature humaine !

« Mais pour qui se prend-elle ? »

Alors là, je m'insurge ! Et vous réponds que vous avez tort d'imaginer ou de penser que j'ai une haute idée de moi-même ! J'essaie toujours de m'améliorer, d'avancer... Et je suis la première à prendre un vrai plaisir à me moquer de moi, de mes étourderies, de mon manque de logique, des situations absurdes dans lesquelles je m'aventure... « Tu es poétique ! » me disait un ancien fiancé : j'assume ! L'humilité est, entre autres qualités, celle que je préfère. C'est pour moi une marque d'intelligence. Je suis toujours très frappée de constater que les gens les plus brillants que j'ai eu la chance de rencontrer sont souvent les plus humbles. Du moins en apparence, pour certains plus malins que d'autres. Je me souviens de Jean d'Ormesson, avec son œil bleu rieur irrésistible, qui, lorsque vous l'interviewiez, vous donnait l'impression que vous veniez de lui poser la question la plus originale et la plus pertinente du monde, la question du siècle, alors qu'il avait dû répondre à la même lors d'une interview précédente... Il avait l'art de se faire passer pour bien moins que ce qu'il n'était vraiment, et de vous placer beaucoup plus haut que vous ne l'étiez...

Malin, roublard, bien moins humble qu'il ne le montrait probablement, mais si touchant dans l'expression de ses fragilités ou de ses faiblesses, qu'il en était, vous l'imaginez, extrêmement séduisant. Je l'adorais, comme vous sans doute ! Et j'ai eu la chance de déjeuner à plusieurs reprises avec lui, chez lui ou dans le bar feutré d'un grand hôtel parisien où il avait ses habitudes. Vous n'êtes pas sans savoir qu'il aimait bien la compagnie – des femmes en particulier, pas trop bêtes, sinon il s'ennuyait, et si possible agréables à regarder. Pas très humble de ma part de me placer dans cette catégorie, je vous l'accorde, mais je suis si fière d'avoir été son invitée à plusieurs reprises, que j'espère que vous me pardonnerez ma flagornerie !

Par ces temps terribles, où la Covid-19 a pris le pouvoir sur la planète dans son ensemble, l'obligeant à se plier à son chantage et à se mettre à l'arrêt, plus que jamais l'humilité est de circonstance. Riches ou modestes, puissants ou faibles, nous en sommes tous au même point, contraints d'obéir, de cesser toute activité, de rester chez nous. Certes les personnes aisées profitent assurément de meilleures conditions de confinement que d'autres qui se retrouvent avec leurs enfants dans un trois-pièces, sans jardin, ou d'autres encore, sans domicile fixe, qui ne savent même pas où se loger…

Mais l'argent ou le pouvoir n'ont plus d'incidence, nous sommes tous obligés de nous comporter de la même manière, de nous plier aux injonctions et aux décisions gouvernementales, en citoyens respectueux de la vie des autres...

Cela ramène certains qui se croyaient hors d'atteinte à l'humilité, une humilité forcée, mais qui va peut-être les faire réfléchir et les inciter à se remettre en question... J'entendais notre Michel Cymes national dire qu'on demandait à des chirurgiens ayant dû renoncer à leur pratique dans leur spécialité, de donner un coup de main à des infirmières ou à des aides-soignants plus qualifiés qu'eux, et mieux formés pour appliquer les procédures pour lutter contre le virus. Les situations se sont inversées et ils se sont vus contraints de se plier aux ordres de ceux qu'ils dirigent en temps normal. Les ego ont dû en prendre un coup !

En résumé je sais qui je suis, et je ne me prends pour personne d'autre. En revanche, j'apprends, comme vous, mais aussi de vous. Et lorsqu'il m'arrive de repérer une particularité dans la personnalité d'un vendeur, je m'amuse à la souligner ou à m'en moquer, tendrement. Pour faire de ce moment avec lui un échange unique et particulier, dont il se souviendra. C'est mon rôle d'animatrice d'apporter un peu de fantaisie et de casser les codes. C'est souvent drôle, je l'espère en tout cas, et je veille à ce que ce ne soit jamais blessant ou malveillant. Je profite de la situation et du moment ! Un moyen aussi de rompre l'aspect répétitif de l'émission. De la même manière, quand je présentais *C'est au programme*, je provoquais, je titillais, je faisais semblant de malmener les chroniqueurs qui m'entouraient, que j'adorais et que je respectais professionnellement par ailleurs, pour les faire réagir et obtenir des séquences savoureuses ! C'était mon objectif ! Pas de jouer à la cheftaine, d'être désagréable gratuitement ou de me placer au-dessus d'eux. Pour mon plus grand plaisir, me connaissant aussi par cœur, puisque nous nous fréquentions depuis de longues années, ils ne se gênaient pas pour me retourner la balle et me renvoyer dans mes buts. Et j'étais la première à en rire ! Il y a toujours des grincheux qui prennent cela au premier degré et s'en emparent pour me torpiller ! Je considère qu'ils manquent sérieusement d'humour et j'en suis désolée pour eux ! Ne leur en déplaise, je ne suis animée d'aucune malveillance. D'humour, oui. D'ironie, de temps en temps. De causticité, parfois ! Mais jamais aucune méchanceté, aucun a priori ou jugement de valeur dans mon éthique professionnelle !

Libre… oui, mais…

> « La volonté trouve, la liberté choisit :Trouver et choisir, c'est penser. »
>
> Victor HUGO

Nous, les femmes, avons dû ces dernières années nous battre et conquérir nos droits et notre indépendance. Il nous a fallu œuvrer pour accéder à la possibilité de choisir nos destins. Nous avons reçu en héritage les combats qu'ont menés avant nous nos aînées !

Dans ces domaines, la société doit encore progresser. Ces dernières années, l'affaire Weinstein a éclaté. Des actrices de renommée internationales ont accusé le producteur américain d'avoir sexuellement abusé d'elles – tout un système de menaces et d'intimidations instauré pendant des années selon une mécanique parfaitement codifiée a été dévoilé et dénoncé dans une grande enquête lancée par le *New York Times.* Chaque fois qu'une femme osait dire ce qu'elle avait subi, d'autres suivaient, encouragées à briser la loi du silence.

Très vite, on a assisté à une libération de la parole sur les réseaux sociaux avec le mouvement #metoo. Des milliers de femmes ont raconté en quelques mots les agressions, les viols, le harcèlement dont elles avaient été victimes. Enfin, une libération de la parole, et une prise de conscience générale, que j'ai saluées et savourées, comme beaucoup d'entre nous ! Selon certains, la libération de la femme aurait entraîné dans son sillage un profond malaise, en mettant à mal les identités sexuelles qui nous définissaient auparavant. Du fait de leur nouvelle indépendance, les femmes seraient devenues plus exigeantes avec leurs partenaires. Plus « masculines » aussi. Par ricochet, les hommes se seraient féminisés et, perclus de doutes sur leur virilité, agiraient comme des petits garçons perdus.

Tout se passe comme s'il y avait eu inversion des genres : puisque les femmes ont adopté des codes jugés par essence « masculins », elles se sont arrogé leur pouvoir. Et le sexe dit « fort » a basculé par contrecoup dans le camp des « faibles »… À en croire les plus pessimistes, cette révolution nous laisserait insatisfaits et désorientés. « Les mecs n'assument plus rien », soupirent des superwomen débordées qui se disent lasses de prendre tout en charge. Je le vois avec l'exemple de mes amies qui s'assument financièrement : les hommes ont du mal à trouver leur place auprès d'elles, se sentant inutiles, impuissants, puisqu'ils ne sont plus là pour financer leurs envies, et qu'on ne tient plus forcément compte de leur avis pour avancer. En mettant à bas les attributs qui nous faisaient « traditionnellement » hommes ou femmes et qui nous inscrivaient dans un schéma bien défini, ce bouleversement aurait eu pour effet de saper les fondements du couple.

Pourtant, ces sacro-saints repères dont on pleure la disparition nous aidaient-ils auparavant à mieux vivre ensemble ? Ils nous invitaient surtout à la résignation. L'incompréhension face à l'autre étant expliquée par sa nature masculine ou féminine, il ne restait d'autre choix que de s'en accommoder comme d'un mal nécessaire.

Quant aux rôles de chacun, ils étaient distribués selon des règles immuables qui ne correspondaient pas toujours aux désirs profonds des uns et des autres.

Il s'agit aujourd'hui d'inventer de nouveaux équilibres entre les hommes et les femmes. Je déplore les positions excessives des féministes « anti-mecs ». Je n'aime pas l'idée de vouloir les « castrer », les priver de leur puissance, de leur raison d'être ou d'exister. Sous prétexte de parité et d'égalité, les femmes devraient se comporter comme des hommes ? Non, je ne suis pas d'accord. Nous sommes différents, nos priorités diffèrent, nos cerveaux aussi, nous n'avons pas les mêmes physiques, nous raisonnons autrement… Soyons inventifs et créatifs, et œuvrons ensemble à notre avenir commun, pas les uns contre les autres… Dialoguons. Définissons nos besoins respectifs. Et faisons en sorte qu'ils cohabitent au mieux.

J'ai fait le choix d'inventer la vie que je souhaitais mener. C'est un long cheminement personnel, qui ne correspondait pas forcément à mes aspirations profondes et aux schémas de couples « longue durée » que j'ai admirés autour de moi dans ma famille. J'ai pu m'offrir ce choix grâce à une autonomie financière durement conquise ! J'ai fait en sorte de tout mettre en œuvre pour que ce soit possible et il m'est arrivé d'affronter quelques angoisses, lorsqu'une émission s'arrêtait. J'ai appris à pallier le risque, en développant plusieurs activités en parallèle, l'idée étant d'obéir à la sagesse populaire et ne pas mettre ses œufs dans le même panier ! Et je mesure ma chance, car trop de femmes se résignent encore aujourd'hui à subir une vie qui ne leur convient pas, n'ayant pas l'énergie, le courage ou les moyens financiers de s'écouter et de répondre à leurs envies. Notre mémoire collective garde le souvenir de ces siècles de domination masculine, durant lesquels les femmes n'avaient d'autre choix que d'obéir à leur époux. « Incapables majeures » aux yeux du droit, elles ne pouvaient prétendre ni à travailler ni à gagner de l'argent. Il fallut attendre 1965 pour qu'elles obtiennent l'autorisation d'ouvrir un compte en banque sans la bénédiction de leur mari. Vous imaginez ? Ce n'est pas si ancien !

Notre émancipation s'est appuyée sur le levier économique. Toucher un salaire nous a permis de nous affranchir du joug masculin, d'établir avec notre compagnon une relation plus égalitaire, voire de rompre lorsque l'histoire ne paraissait plus satisfaisante… Formidable conquête, qui offre désormais la possibilité pour certaines de ne pas rester enchaînées à une vie qu'elles n'avaient pas choisie…

Pour autant, l'apprentissage de la liberté est un long parcours. Je le répète, mieux vaut partir pour soi, et tenter de comprendre les raisons d'un échec avant de se lancer à corps perdu dans une nouvelle histoire. J'ai découvert la vie de célibataire, et les questionnements et les expériences qui en découlent… Heureuses ou malheureuses… Avais-je envie de vivre seule ? En étais-je capable ? Allais-je y trouver un épanouissement ? Les nuits d'insomnie se sont succédées… J'ai eu besoin d'échanger et je me suis nourrie alors de l'expérience et des conseils de mes amies qui avaient fait ce choix bien avant moi, et qui semblaient apprécier leur statut de femme libre et indépendante, au point de n'avoir plus du tout envie d'y renoncer… J'étais très perplexe au début, lorsqu'elles me disaient que je n'avais pas forcément besoin de quelqu'un pour m'épanouir et répondre à mes désirs, qu'il fallait que j'apprenne à définir mes besoins, que l'avenir ne passait pas forcément par la reproduction d'une vie à deux sur un schéma classique de quotidienneté, que la liberté est un délice de tous les instants et qu'il faut apprendre à le savourer. Il m'a fallu du temps, passer par des moments de doute, de déprime, essuyer des échecs sentimentaux, m'en relever, me remettre en question, trouver des réponses à mes fragilités, en moi, en renonçant à l'espoir que l'autre y remédie... avant de prendre un certain plaisir à cette nouvelle vie de célibataire, et à commencer à en apprécier certains avantages non négligeables... Par exemple, le bonheur de mener la vie qui ressemble en tout point à ce à quoi vous aspirez ! Partir où bon vous semble, en fonction de vos envies du moment ! Manger ce que vous voulez, à l'heure que vous souhaitez ! Choisir les personnes que vous avez envie de fréquenter ! Écouter la musique qui vous emporte ! Regarder le film ou le programme de télévision que vous avez choisi ! Faire du shopping, en ne redoutant pas la petite réflexion, lorsque vous rentrez les bras chargés de paquets ! Parler des heures à vos copines sans déranger qui que ce soit ! Partir marcher aussi longtemps que vous le souhaitez ! Dormir sans entendre de ronflements ! Et finir par oser vous demander si vous seriez prête à renoncer à cette vie-là...

Il n'en reste pas moins que la vie en solo est souvent présentée aujourd'hui encore comme un échec. Certes des magazines commencent à mettre en exergue le cas de célibataires épanouis qui s'assument comme tels, libres et heureux. Mais dans la majorité des cas, les célibataires inspirent encore de la compassion, s'ils n'ont pas choisi de l'être, ou une certaine méfiance s'ils le revendiquent. Tant qu'elle n'est pas casée, une personne seule reste un cas sur lequel le regard social pèse très lourd. Ne serait-elle pas égoïste ? caractérielle ? névrosée ? trop exigeante ? On la somme de sortir plus souvent, de se secouer, de se bouger... On l'accuse d'être trop difficile... On lui cite en exemple toutes celles et ceux qui à bout d'efforts sont parvenus à s'extraire de leur solitude... Le modèle dominant reste encore la figure sacrée du couple, et l'injonction sociale nous invite à reproduire ce sacro-saint schéma... Avez-vous remarqué, célibataires récemment devenus, que les invitations chez vos amis toujours en couple se font plus rares ?

Oui, mais choisir la liberté signifie-t-il pour autant ne pas vouloir dépendre de quelqu'un ? Vaste question… La vie que nous menons aujourd'hui, nous l'avons construite à notre goût, et à notre mesure, sans personne pour nous souffler ce qu'il fallait faire ou ne pas faire. Et si un jour nous rencontrons l'amour ? Serons-nous prêtes à renoncer à cette liberté ? L'aventure du couple ne serait-elle concevable à nos yeux de femmes libres que si elle réunit deux individus parfaitement indépendants l'un de l'autre ?

Sauf que le refus de toute dépendance pose problème dès lors qu'on aspire à aimer. Je le mesure à travers nos expériences, aux unes et aux autres. Lorsqu'on cherche à protéger trop jalousement sa liberté, lorsque la présence de l'autre apparaît comme une menace, la rencontre et l'histoire sont forcément compromises. Pour ma part, j'aspire plus que tout à aimer ! Or l'amour se nourrit d'échanges et d'interactions permanentes et ne peut se nouer dans la juxtaposition de deux identités parallèles, imperméables l'une à l'autre. Dans un couple, on donne, on prend, on réclame… C'est un lien qui génère des dépendances réciproques.

Vouloir échapper à des injonctions sociales n'exclut pas l'envie de partager et de se sentir aimé… Je partage la conception de l'indépendance de Sophie Cadalen et Sophie Guillou, dans *Tout pour plaire… et toujours célibataire*, essai passionnant dont je vous recommande la lecture ! Elles développent la thèse que la véritable indépendance résiderait plutôt dans le fait de parvenir à choisir ses dépendances : opter par exemple pour une dépendance qui ne serait pas nécessairement ce lien qui nous condamnerait à subir la loi du plus fort et à accepter ce que nous ne souhaitons pas, une dépendance qui ne nous ferait pas exister grâce à l'autre, mais celle qui naîtrait d'une envie d'être avec lui. Cette dépendance-là pourrait être le fruit de notre désir. Elle reviendrait à s'engager pour un homme qu'on aime dans un pari qui se fonderait sur aucune autre certitude que le bien-être du moment.

C'est cette indépendance de notre désir qui nous assurerait d'être libres, plus que l'organisation pratique qui présiderait à la vie de couple. Pas question de renoncement ou de dévouement sacrificiel, mais un choix qui nous ressemblerait et qui rencontrerait le désir de l'autre... La vie à deux entraînerait de part et d'autre des questions et des doutes sur ce que chacun s'apprêterait à lâcher. La liberté de l'un devrait s'articuler à celle de l'autre non dans un rapport de force, mais dans une négociation perpétuelle. Rester crispé sur son autonomie comme une condition non négociable interdit cet aller-retour dynamique entre deux désirs qui se cherchent. L'idée serait que cette vie en commun n'induise aucun renoncement. Pour s'épanouir ensemble, il ne faut pas répugner à chercher des jouissances hors de l'autre, et il faut savoir accepter la jouissance de l'autre hors de nous. La dépendance inévitable qu'induit l'amour ne doit pas signifier la dépendance absolue. C'est en laissant parler ces deux désirs qu'on peut élaborer un modus vivendi en sachant bien qu'il ne vaut que pour le moment présent et qu'il faudra sans doute le modifier avec le temps. À ces conditions, en respectant notre bien-être, nos envies et notre individualité, nous pourrions nous abandonner à l'autre et nous permettre quelques fragilités : nous pourrions très bien concilier amour et vie professionnelle intense, sans être tyrannisées par le devoir d'être des irréprochables aux multiples casquettes. La vraie force ne consisterait pas à assurer envers et contre tout sans jamais s'autoriser la moindre vulnérabilité… L'important, selon Sophie Cadale et Sophie Guillou, c'est de pouvoir écouter ce que nous chuchote notre petite voix intérieure : qu'est-ce qui nous fait plaisir, ici et maintenant ? La dépendance à l'autre est toujours un risque à prendre. Mais ce risque-là est peut-être moins périlleux que celui qu'on encourt à vouloir trop maîtriser sa vie, sans laisser à l'autre un espace pour s'y glisser… Et de rester seules… Et de prendre le risque de devenir aigries et frustrées… Très peu pour moi !

La force de l'âge !

« Tout âge porte ses fruits, il faut savoir les cueillir. »

Raymond RADIGUET

J'ai dépassé la cinquantaine, il y a quelques années maintenant. Cap difficile, et comme à chaque fois que je me heurte à un obstacle, j'y ai réfléchi, j'ai travaillé sur moi, notamment en écrivant un livre avec mon sauveur en matière de problématiques psychologiques, l'excellent Christophe Fauré, encore lui. Dans *Ce que j'ai appris de moi*, nous développions toutes les incidences induites par ce passage à la seconde partie de vie, aussi bien sur le plan physique, maternel, psychologique, sentimental, professionnel… Quelques années plus tard, force est de constater que la vie a l'élégance de me sourire à nouveau.

J'affiche donc une « cinquantaine épanouie », quotidiennement, sur votre écran de télévision… Épanouie certes, mais j'ai conscience d'appartenir à une espèce en voie de disparition ! Les animatrices de mon âge encore à l'antenne aujourd'hui se font rares et se comptent sur les doigts d'une main dans l'ensemble du paysage audiovisuel actuel.

J'ai parfois l'impression, tels les irréductibles Gaulois de Goscinny et d'Uderzo, de devoir résister non pas à l'envahisseur romain, mais aux défenseurs du jeunisme ambiant ! Et je prends ce rôle et ce statut très au sérieux, me vivant parfois comme une sorte de porte-étendard de toutes les femmes de ma génération. Je m'insurge toujours que les annonceurs publicitaires, les instituts de mesure de l'audience ne prennent en compte que la fameuse ménagère de moins de cinquante ans, ou la femme responsable des achats qui se situe dans la même tranche d'âge ! Pourquoi ne pas prendre en compte les jeunes quinquas épanouies que nous sommes dans leurs cibles ? Combien d'années devrons-nous attendre avant d'être pleinement considérées comme appartenant à une catégorie active de la société ? Il me semble que pour une partie privilégiée d'entre nous, plus les années passent, les enfants commençant à s'assumer, plus nous avons le temps et les moyens de dépenser, de nous faire plaisir, de représenter de ce fait une force vive et active non négligeable en matière d'achats ! Mais nous sommes encore ignorées par ces sondeurs spécialistes de la consommation télévisuelle !

Vous m'écrivez et me dites souvent que vous vous projetez dans mon évolution, dans ma manière de m'habiller, de me coiffer et, peut-être, dans l'énergie que je dégage et les choix de vie que je fais. J'en suis la première étonnée, mais j'en suis sincèrement touchée et je finis par prendre cette « responsabilité » très à cœur. La confiance que vous me témoignez m'honore et m'oblige !

Privée de modèle et de référence féminine, je n'ai cessé d'observer les femmes qui m'ont entourée pour m'imprégner de leur sensualité, de leur élégance, et dessiner la mienne. Le moins que l'on puisse dire, c'est que nous avons gagné des années sur nos aînées et repoussons inexorablement les assauts de l'âge : nous y travaillons, nous ne nous laissons pas aller, nous veillons à notre alimentation, à notre forme physique, à notre apparence, à notre bien-être psychologique... De sublimes quinquagénaires, voire sexagénaires, même septuagénaires, ouvrent la voie et démontrent qu'on peut être désirables, performantes, et surtout crédibles après cette supposée date de péremption. N'avez-vous pas apprécié la magnifique et fascinante performance de Robin Wright dans son rôle de présidente des États-Unis dans la série *House of Cards* : enfin une quinqua dans un premier rôle d'envergure, qui s'est imposée dans un succès télévisuel mondial ! Comment ne pas saluer la magnifique et brillante épouse de notre président de la République, Brigitte Macron, qui résiste avec courage et dignité aux critiques insidieuses sur son âge et sur son couple, et qui, forte de cette attitude, provoque l'admiration et le respect ? Cette façon d'afficher les années qui la séparent de son mari contribuera sans nul doute à faire évoluer les mentalités !

Si le monde du cinéma est encore un peu frileux pour offrir une place de choix aux actrices vieillissantes, en dehors de quelques exemples de stars qui tirent leur épingle du jeu, les plateformes et la télévision se montrent plus audacieuses avec des séries et des téléfilms en osmose avec l'air du temps : sur Netflix, par exemple, Jane Fonda et Lily Tomlin, deux sublimes septuagénaires, nous ravissent dans la série *Grace et Frankie*... Elles sont modernes, drôles, iconoclastes, ô combien vivantes et se permettant tout... On est loin de l'époque où Simone Signoret avait trouvé des rôles magnifiques et à sa mesure, après s'être laissée vieillir prématurément pour des raisons qui lui appartenaient. Elle était avant-gardiste dans sa manière à elle de lutter contre les effets ravageurs de l'âge en devançant l'appel...

Le monde télévisuel actuel privilégie encore la jeunesse et la beauté : dans ce contexte, il est plus difficile pour une femme de vieillir et de perdurer sans essuyer une batterie de critiques nauséabondes sur les rides, les traits fatigués, les supposés travaux esthétiques... Les commentaires s'attardent sur des détails physiques, rarement sur les compétences. On nous scrute, on ne nous pardonne rien, je le constate tous les jours sur les réseaux sociaux. Souvenez-vous de la remarque attribuée à Françoise Giroud, qui disait qu'on atteindrait l'égalité entre les hommes et les femmes, le jour où des femmes incompétentes – et je rajoute moches – accéderaient à des postes à responsabilités… Les téléspectateurs sont beaucoup plus indulgents envers la gent masculine. Dans ce domaine les ressentis et les réactions me semblent injustes. On est encore loin de la parité !

Je n'ai jamais vraiment capitalisé sur mon physique. Je ne suis ni un canon ni une bombe, tout au plus « jolie », selon certains, que je remercie au passage… J'ai plutôt misé sur ma vivacité, ma compétence, mon espièglerie, mon naturel, ma spontanéité. Aussi vieillir me semble-t-il plus léger ! D'ailleurs, pour être honnête, comme une grande majorité de femmes, y compris parmi les plus belles, j'ai longtemps nourri des complexes sur ma petite taille, sur mes jambes de sportive, sur mes cheveux trop raides… Je me suis donc appuyée sur d'autres atouts.

Et je suis lucide : c'est peut-être pour réparer ce déficit et ainsi combler une faille narcissique que j'ai choisi un métier d'image, comme beaucoup de ceux qui s'offrent au regard du public, sur une scène, ou derrière une caméra ! Les véritables beautés, d'après les témoignages que j'ai pu recueillir, vivent plus mal ce passage à la cinquantaine. Elles ont souvent construit leur identité autour de leur apparence, sûres de leur succès auprès des hommes. Mais quand celle-ci vient à se faner, c'est le déclin. Se sentir moins désirée, moins considérée, moins sollicitée s'avère douloureux. C'est une atteinte cruelle à l'estime de soi qui s'accompagne d'un sentiment de perte d'identité, de deuil inéluctable de ce qu'elles étaient autrefois. Voilà pourquoi, souvent, elles mettent tant d'énergie et d'argent pour remettre ce physique en valeur, en s'exposant à toutes les contraintes et à tous les sacrifices : des régimes draconiens, le recours abusif à la chirurgie esthétique, la pratique du sport au-delà du raisonnable… une surenchère d'engrenages excessifs et insidieux qui s'apparentent à des leurres !

Si mon corps est loin de me satisfaire pleinement sur le plan esthétique, je ne peux que louer sa robustesse et sa fiabilité. Il a été un indéfectible allié au cours des trente dernières années d'exposition télévisuelle quotidienne. Je mesure ma chance bien sûr. Mais si je dispose de bonnes bases génétiques, cela ne saurait suffire. Je prends soin de moi, je m'entretiens, je finis par bien me connaître, par écouter mes besoins et savoir y répondre, par savoir comment me mettre en valeur. Je parviens ainsi à obtenir des résultats satisfaisants – à mes yeux exigeants, en tout cas.

Les premières manifestations de l'âge se sont produites il y a quelques années déjà. Ça ne s'arrange pas ! Les lunettes de vue sont devenues un outil indispensable : du coup j'en fais un atout ! Je m'amuse à bien les choisir (j'en ai plusieurs paires pour varier les plaisirs), de manière qu'elles mettent en valeur mon visage, en lui apportant une touche de sérieux, et pourquoi pas, derrière l'aspect docte-intello, une petite connotation sexy. La couleur des verres antireflets, teintés en dégradé, ajoute beaucoup pour masquer les rides d'expression qui s'incrustent autour de mes yeux…

J'avoue passer plus de temps sur le fauteuil de ma maquilleuse, qui doit rivaliser de créativité pour à la fois masquer les cernes bleutés récalcitrants, rehausser les traits qui s'affaissent, repulper des joues qui se creusent, ombrer une paupière qui s'alourdit, tout en n'appuyant pas trop le trait. Car plus vous vieillissez, plus le maquillage se doit d'être léger et naturel ! On ne camoufle pas les rides avec un fond de teint trop épais. Il s'incrusterait dans les microsillons et les soulignerait d'autant plus ! Pour les paupières, on opte pour des tons plus fondus, plus neutres. Ma chance, après trente ans de maquillage quasi quotidien, c'est d'avoir repéré et retenu le meilleur des astuces des professionnelles, pour les reproduire à mon tour. J'adore les moments que je passe avec mon équipe « technique » – maquilleuse, coiffeuse, habilleuse : c'est un temps précieux avant l'antenne, où nous ne sommes qu'entre nous, un temps de confidences pour évacuer les soucis qui me pollueraient l'esprit, un temps d'échanges, de complicités, de rires, un sas de transition précieux entre les problématiques du réel et la nécessité de me dédier aux téléspectateurs dans les minutes qui suivent. Les problèmes de mon quotidien, mes éventuels états d'âme sont priés de rester dans la loge et de ne pas s'inscrire sur mon visage. Certains jours sont certes plus difficiles que d'autres. Pas toujours le cœur et l'envie d'affronter l'objectif d'une caméra et le regard des autres. Mais je remballe tout, et je prends sur moi… même si, de temps en temps, un regard empreint de tristesse s'invite… Certains d'entre vous, les plus attentifs et sensibles, le remarquent et tentent de l'interpréter… Vous me le dites, en m'écrivant de jolies lettres, pertinentes et touchantes, ou quand vous me croisez dans les coulisses des émissions.

Je suis frappée de constater chaque fois à quel point tout se voit, tout se perçoit à la télé, pour celui ou celle qui sait regarder. Quand j'ai perdu ma petite chienne, Djette, j'ai eu bien du mal à vous cacher ma détresse. Vous avez été nombreux à réagir, en m'envoyant une lettre, en laissant un message sur les réseaux sociaux… Si vous saviez combien cela m'a touchée. Bien que professionnelle – du moins je crois l'être –, je reste un être humain, comme vous, et je le revendique !

Je vous l'ai dit, j'aime profiter de l'existence, bien manger, sortir, voir mes amis. Hélas, avec les années, je récupère moins bien, et je me vois contrainte de respecter une certaine hygiène de vie, pour tenir la cadence et me présenter à vous au top de ma forme : la veille d'un direct ou d'un enregistrement, l'extinction des lumières ne se fait pas après minuit, pas de sorties deux soirs de suite, n'accepter que les invitations qui ont du sens, éviter les soirées enfumées trop bruyantes, s'octroyer des moments de silence et de tranquillité pour vider son disque dur de manière à le rendre opérationnel pour le tournage du lendemain. Bien dormir, voilà le secret qui garantit un teint frais !

Mon rythme de travail est soutenu, jusqu'à sept heures d'antenne par jour, où je ne dois montrer aucun signe de fatigue : souriante, fraîche, concentrée, vive, emphatique, à l'écoute ! Mon image, en tant que femme de télévision, est aussi le reflet de mes mutations personnelles. Elle évolue ! Je me sens aujourd'hui mieux dans mon corps que durant mes jeunes années : je me connais mieux, je maîtrise enfin tous les paramètres pour me mettre en valeur ! Je privilégie aujourd'hui les belles élégances, les belles matières, les basiques intemporels… L'idée est d'être bien dans sa tête, dans son corps, dans sa peau, et dans ses vêtements. La sobriété, les tons unis, les bonnes coupes… J'entretiens mon corps, je vous l'ai dit : marche et natation, plusieurs fois par semaine. Juste ce qu'il faut pour rester mince et tonique. Un effort constant, permanent, une volonté tenace pour s'y astreindre, mais rien d'excessif. Je préfère me faire plaisir, sans me priver, et faire un bon repas, quitte à réduire mes ardeurs le jour suivant, plutôt que de me laisser aller à des excès récurrents et devoir me lancer dans des régimes et du sport à outrance pour perdre des kilos superflus… J'arrive à maintenir un poids relativement constant, à un ou deux kilos près, tout en ayant l'impression de ne pas me priver. Il est vrai que je préfère le salé au sucré, et que je n'ai pas de mal à faire l'impasse sur les desserts ou les sucreries. Je m'autorise des amandes ou des noix, et un ou deux carrés de chocolat par jour, source de magnésium ! Le fait d'être filmée plusieurs fois par semaine contribue bien sûr à cette obligation de veiller à ma ligne, d'autant plus que la caméra grossit, et m'oblige à cette rigueur de championne de haut niveau, enfin une championne épicurienne, qui ne renonce pas aux plaisirs de la bonne chère !

Les massages me permettent aussi d'éliminer les toxines et le stress accumulé. Je me fais masser le visage et l'ensemble du corps au moins une fois par semaine, en terminant par une séance de réflexologie plantaire pour réveiller tous les points reliés aux organes. C'est l'un des rares luxes que je m'octroie, car il faut avoir les moyens, l'argent et le temps pour se l'offrir. Mais j'en mesure les bienfaits à chaque séance, et la régularité permet de drainer les zones graisseuses et de maintenir une élasticité de la peau ! C'est aussi une manière de s'accorder une bienveillance dans un moment de détente et de relaxation, important pour le corps et l'esprit. J'entretiens aussi mon visage, autrement dit, mon outil de travail ! Voici mon programme personnel : nettoyage de peau une fois par mois, peelings aux acides de fruits pour éliminer les cellules mortes, haute fréquence pour stimuler le collagène, séances de laser pour éliminer les taches de vieillesse ou la couperose... Et, pourquoi le cacher, quelques injections (légères, tous les six mois), de botox et d'acide hyaluronique. Pour cela, je fais confiance à un véritable médecin, dermatologue ou chirurgien, capable de doser et de procéder à un geste juste et précis, et pas à quelqu'un qui s'octroie cette spécialité du jour au lendemain. Il y a beaucoup d'abus dans ce domaine, de pseudo-médecins esthétiques qui poussent à la consommation et ferrent leurs proies pour les pousser à des excès, qui peuvent déboucher sur des catastrophes.

Renseignez-vous pour choisir les bons professionnels, interrogez vos copines, le bouche-à-oreille étant un bon indicateur, et n'oubliez pas de vous fier à votre instinct ! Quelques détails peuvent vous inciter à passer votre chemin, ne serait-ce que la tête du professionnel en question : certains ou certaines sont des caricatures de tous les excès que ces pratiques abusives peuvent engendrer, et font peur… Alors, fuyez, trouvez une bonne excuse, dites que vous avez besoin de réfléchir… C'est comme les coiffeurs mal coiffés, ou les esthéticiennes dont le visage est parsemé de boutons… Ça ne donne pas vraiment envie de s'abandonner !

Il me paraît élégant à votre égard, chers téléspectateurs et téléspectatrices, de faire ce qu'il faut pour rester agréable, fraîche et présentable, en veillant à ne rien transformer de mes traits, et de ne pas obtenir de résultat figé, vide d'expressions, comme je le vois trop souvent. Certains visages finissent par tous se ressembler hélas : des lèvres beaucoup trop gonflées, des pommettes rehaussées et injectées de graisse, au point de rapetisser les yeux... Le risque dans ces cas-là, c'est que non seulement ça ne rajeunit pas, mais on finit par ne voir que cela ! Je m'amuse toujours de l'hypocrisie encore de mise dans ce domaine de l'esthétique... Quand des actrices prétendent n'avoir jamais rien fait à leurs lèvres, alors qu'il suffit de regarder leur visage dans un film quelques années auparavant pour constater les dégâts ! La plupart d'entre elles ont recours aujourd'hui à la chirurgie esthétique très jeunes, car les techniques de lifting ont considérablement évolué, et le résultat s'avère d'autant plus naturel qu'on ne laisse pas la peau se rider ou perdre en élasticité. Je connais bien le sujet, j'ai mené ma petite enquête, et n'ai pas dit mon dernier mot. Le but étant d'obtenir un petit coup de fraîcheur, rien de plus, et de ne pas tomber dans la dérive, l'excès ou l'amateurisme... Là encore, le sujet est prégnant, avec mes copines, et nous échangeons nos adresses, nos astuces, nos marques de produits et de compléments alimentaires que nous ingurgitons tous les jours (pour la peau, les ongles, l'énergie, le moral). Beaucoup trop de femmes de mon âge s'abritent derrière le paravent de la ménopause pour justifier un certain laisser-aller dans leur apparence physique. Il est vrai que le corps change, que les équilibres hormonaux se modifient et que le métabolisme a tendance à stocker les graisses. Surtout, mesdames, ne soyez pas résignées et n'oubliez pas que vous pourrez rester ô combien séduisantes en prenant soin de vous, l'expression est plutôt tendance en ce moment : faites de l'exercice physique, prenez, si votre santé le permet, des traitements hormonaux pour pallier les effets secondaires liés à la ménopause, pour lutter contre l'ostéoporose, les bouffées de chaleur, le dessèchement de la peau, voire les troubles du désir... Ne renoncez pas aux plaisirs que la vie peut vous offrir !

Sans nier les modifications physiques, en y apportant les réponses adaptées, ce moment de la vie, loin de la transition bouleversante que certains nous prédisent, peut s'avérer délicieux. Plus libres dans nos têtes, plus stables émotionnellement, nous pouvons enfin nous focaliser sur les enjeux professionnels et relationnels.

Nous pouvons également nous autoriser une sexualité épanouie, d'autant plus que le risque de grossesse non désirée est désormais écarté ! Nous avons donc une responsabilité à notre égard. Le déclin est loin d'être inéluctable ! Accompagnons du mieux possible notre corps qui change, sans hostilité ! En matière de séduction, l'image renvoyée compte, bien sûr, mais la personnalité que l'on dégage n'est pas négligeable ! Rayonnons, envoyons du positif, et nous séduirons ! Le sourire et la bonne humeur sont des armes fatales. La véritable séduction résulte du regard bienveillant que l'on pose sur soi : être en paix avec ses choix, être en phase avec soi-même, être bien dans sa tête, tout cela se traduit par un véritable épanouissement, se lit sur un visage et se constate dans la manière d'être avec les autres !

Toute vérité est-elle bonne à dire ?

« Nous croyons plus volontiers les mensonges qui nous plaisent que les vérités qui nous déplaisent. »

Marie-Jeanne RICCOBONI

Les Français sont réputés pour ne pas avoir leur langue dans leur poche ! On nous qualifie volontiers de peuple de râleur, d'indiscipliné, de têtes brûlées, héritiers de ces bons vieux Gaulois qui prennent la mouche au quart de tour pour des broutilles et se perdent en gigantesques bagarres, avant de se réconcilier, incapables de résister à l'appel de la bonne chère et de faire la paix, comme si de rien n'était, autour d'un grand banquet.

Je me souviens de mon grand-père, provocateur, qui toisait ses copains devant un match de rugby, en prenant systématiquement le contre-pied de leurs réactions simplement pour le plaisir de provoquer des joutes mémorables. Je me souviens de mon père, qui ne prenait pas de gants pour critiquer les repas qu'on lui servait, n'hésitant pas à se référer, à titre comparatif, à l'excellence de la cuisine de sa mère… Imaginez les réactions courroucées des maîtresses de maison… J'appartiens, hélas, pour le meilleur ou pour le pire, à cette lignée. Ce n'est pas que je me définisse comme une bagarreuse ou une amoureuse du conflit, mais plutôt comme une adepte du franc-parler. Combien de fois me suis-je laissée aller à une réflexion ou à un commentaire sans avoir tourné ma langue sept fois dans ma bouche avant de parler…

Je le reconnais, il m'arrive spontanément, certes sans aucune malveillance ou arrière-pensée malsaine ou manipulatrice, de donner mon avis, de commenter, de critiquer, de me moquer sans vraiment me soucier de la manière dont cela sera reçu ou perçu… Je n'aurais pas été une bonne diplomate, ayant du mal à édulcorer mes propos ou maquiller mes ressentis dans le seul but de ne pas froisser... J'aime bien provoquer un débat ou le faire avancer... Je ne peux pas m'empêcher de réagir pour défendre la condition d'un individu en cas d'injustice... Je me fais volontiers le porte-parole d'une cause au nom de la communauté, en avançant des arguments avec conviction, mue par un souci d'équité et de vérité... Je me suis insurgée par exemple, sous le regard ébahi de mes collaborateurs, contre la décision du patron de la société de production qui nous emploie de supprimer la viande, les volailles, des menus de notre cantine pour obéir à une directive végane de leur employeur américain, soi-disant pour lutter contre la pollution engendrée par les éleveurs de bétail... Telle une Arlette Laguiller au mieux de sa forme, j'ai réclamé le silence et appelé à la révolte en plaidant notre cause, pour exiger qu'on nous laisse le choix, en notre âme et conscience, en fonction de nos goûts et de nos convictions personnelles ! Soutien et applaudissements ! Grâce à ma petite contribution, nous avons eu gain de cause : ils ont certes éliminé la viande rouge, mais maintenu les volailles, ce qui nous évite de n'avoir à opter que pour du poisson trop cuit. Et ceux qui ont assisté à la scène se sont amusés de voir la petite blonde, en général souriante, se transformer en virago très énervée ! Adepte de la démocratie – au sein d'une nation ou d'une entreprise –, je n'aime pas ces décisions imposées sans concertation préalable, que je juge hypocrites, quand je sais que les patrons en question roulent eux-mêmes dans d'énormes 4 × 4 diesel surpuissants et qui polluent au moins autant qu'un pauvre éleveur de bétail !

De la même manière, je n'hésite pas à prendre la défense d'un collaborateur ou d'une amie lorsque je considère qu'il ou elle est victime d'une injustice ou d'une indélicatesse, quelles qu'en soient les conséquences. Je me fais dans ce cas un devoir de partir au combat. J'avoue avoir du mal avec les gens lisses, sans histoires, qui se gardent de donner leur avis pour ne pas faire de vagues, qui ne se confient pas, qui se contentent d'être dans l'écoute des autres, qui sont irréprochables en toute circonstance, qui font l'unanimité dans toutes les réceptions tant ils n'ont pas d'aspérité…

J'ai gardé mon âme d'enfant, poussée par cette curiosité des autres qui l'emporte bien souvent sur la prudence. Je me souviens d'un dîner chez mon ami avocat, proche de Sylvie Vartan. Il l'avait invitée pour la présenter à des personnalités pour la plupart médiatiques, qui avaient en commun une immense admiration pour l'artiste réveillant en eux des souvenirs de jeunesse joyeux et indélébiles. Ayant été bercée par les chansons de Brel, de Brassens, de Maxime Le Forestier (dont j'étais folle amoureuse à quinze ans), ou de Barbara, je me sentais bien ignorante de son répertoire alors que les autres s'adressaient à elle en fans avérés qu'ils étaient. Je ne l'avais jamais vue sur scène, en dehors de ses prestations dans les émissions des Carpentier, ou de ses apparitions aux côtés de notre Johnny national, au Parc des Princes, par exemple. Mais j'ai été immédiatement touchée et conquise par la femme avant de l'être par l'artiste : solaire, simple, « normale », intelligente, revenue de tous les excès de ce milieu, et d'une lucidité implacable ! Poussée par l'envie de mieux la connaître et profitant de cette occasion de la découvrir dans un cercle privé, je me suis mise alors à lui poser des tas de questions, sur sa vie, ses choix, son parcours, ses rapports familiaux, sans occulter quelques sujets personnels délicats, dont j'avais eu vent dans les journaux… sous le regard ébahi de l'ensemble des convives, dont certains journalistes, qui n'en revenaient pas de mon effronterie et se demandaient comment j'osais me le permettre…

Sylvie, pas le moins du monde décontenancée ou agacée, y répondait tranquillement, plutôt amusée par la fraîcheur de ma spontanéité… L'idée n'était pas de faire un numéro personnel ni de me mettre en valeur ou de faire de cette conversation un usage intéressé et malsain, mais d'en apprendre plus sur cette femme étonnante et merveilleuse que nous avions la chance de rencontrer dans l'intimité… Le lendemain, mon ami m'a rapporté les réactions des invités présents, encore tout chamboulés de mon audace… Sylvie n'avait pas du tout pris ombrage de ma curiosité, n'ayant ressenti aucune malveillance, juste un réel intérêt de ma part pour sa personnalité, et s'est au contraire sincèrement attachée à ma petite personne.

J'ai mesuré après coup qu'elle n'avait pas dû être confrontée à ce genre de situation depuis longtemps. À mon grand soulagement, je n'avais pas froissé Sylvie… Et nous avons tous gardé un souvenir inoubliable de ce moment qui nous a permis d'approcher sa vérité. D'ailleurs, j'ai l'occasion de la retrouver de temps en temps, lorsqu'elle est en France, et nous discutons de notre quotidien comme deux vieilles copines, de nos enfants, de nos chiens, de la vie... Nous sommes devenues proches...

Il se trouve que lors de mes dîners avec mon ami avocat, celui-ci, désormais habitué à ma spontanéité et à ma franchise, s'amuse des moments où il va falloir qu'il déploie des tonnes de diplomatie pour rattraper l'une de mes saillies à l'occasion d'une rencontre fortuite. Nous en rions beaucoup, habitués à revisiter les scènes que nous vivons au troisième degré !

Je ne me lasse jamais d'apprendre des autres, de leur vie, de leurs rencontres, de leurs choix, de leurs expériences. J'aime instaurer un lien direct et sans artifice avec eux, en m'appuyant sur mon franc-parler, ma franchise, ma spontanéité. Mon but n'est en aucun cas de leur manquer de respect en me laissant aller à ma curiosité, mais de leur prêter une attention réelle. Parfois une évidence se produit, et la complicité est immédiate, comme si nous nous connaissions depuis toujours. Cela m'est arrivé plusieurs fois sur le plateau de *Toute une histoire.* Et cela peut se transformer en amitié, comme avec cette ancienne professeure de français que j'ai reçue plusieurs fois, qui m'est aussitôt apparue familière et qui est depuis devenue une confidente intime. Nous nous téléphonons régulièrement pour faire le point sur nos vies.

Ces coups de foudre professionnels se transforment parfois en compagnonnage de vie. Ce fut le cas avec Méas, une invitée d'origine cambodgienne, qui avait fui le Cambodge pour échapper aux Khmers rouges, à l'âge de neuf ans, accompagnée de sa jeune sœur. Elles se cachaient le jour, et couraient la nuit à travers les champs de riz. Jusqu'à ce qu'elles soient recueillies par une équipe d'humanitaires dans un camp, de l'autre côté de la frontière. Éreintées, affamées, elles ont été prises en charge, entourées, soignées, et y ont séjourné plusieurs mois jusqu'à ce qu'elles aient le bonheur de retrouver, totalement par hasard, leurs parents, qui eux aussi avaient sauvé leur peau et trouvé refuge dans ce camp. Méas m'avait éblouie en me disant qu'elle avait alors, dans ce camp, appris le français en se plongeant dans la littérature et en apprenant par cœur des poèmes de Rimbaud, de Verlaine ou de Victor Hugo, qu'elle m'avait récités sur le plateau, plus de trente ans plus tard… Elle et sa famille étaient arrivés en France il y a une trentaine d'années et s'étaient installées à Annecy. Méas a gagné sa vie en travaillant dans un hôpital, comme technicienne de surface, comme on dit aujourd'hui. Nous lui avons permis de retrouver les soignants qui l'avaient recueillie à l'époque : imaginez l'émotion sur le plateau… En coulisses, elle me confiait qu'elle rêvait de vivre à Paris pour découvrir le milieu littéraire et oser elle-même tenter l'expérience de l'écriture. Très touchée par son histoire et son parcours hors norme, admirative de sa culture et de son humanité, je lui ai permis de réaliser son rêve en lui offrant un emploi chez moi, à Paris, cette ville qui l'avait tant fait rêver ! C'était il y a sept ans. Elle est toujours là aujourd'hui et me voue une reconnaissance éternelle. Elle a écrit et publié son histoire, elle donne des conférences pour la raconter, et se lance dans l'écriture de poèmes et d'un roman à ses heures de liberté. Je lui ai fait cette proposition spontanément, sans réfléchir, je me devais de lui offrir cette opportunité de se réaliser comme elle le souhaitait…

Certaines situations, certains sujets, certains invités me contraignent en revanche à plus de réserve. Parce qu'ils sont timides et fermés. Parce qu'ils se livrent aussi dans les silences... Jean-Luc Delarue m'avait, à l'époque où j'ai pris sa succession, donné ce conseil : « *Less is more !* » Autrement dit, il y a des moments où moins tu en feras, mieux ce sera... La franchise n'exclut pas la finesse... Quand j'exerce mon métier, je m'impose des règles de bienveillance, et de mise en confiance des invités que je reçois... Ma nature d'intervieweuse les poussera dans leurs retranchements, dans la mesure de leur aptitude à le supporter.

Comment savoir quelles vérités peuvent être dites et quelles vérités doivent être cachées ou ne peuvent être révélées qu'avec précaution ? Et si nous acceptons que toute vérité ne soit pas bonne à dire parce qu'elle peut nous nuire, n'est-ce pas renoncer à un idéal de sincérité ? N'est-ce pas par faiblesse ou par lâcheté que nous reculons lorsqu'une vérité nous paraît difficile ou risquée à dire ?

Me revient une scène douloureuse, le jour de mes vingt ans. Le plus bel âge de la vie, selon un avis communément répandu. Ce jour-là, ma mère, après une courte rémission due aux traitements à haute dose, avait rendez-vous chez son oncologue pour prendre connaissance des résultats de ses derniers examens de contrôle. Depuis un an, sa vie et ses espoirs reposaient sur les décisions, les explications, les commentaires, les exhortations à se battre de cet homme qui était devenu le pilier de son existence. Angoissée à l'idée de ce qu'il allait lui annoncer, elle était attentive à tout, guettait les moindres détails qui pouvaient la renseigner : la tête qu'il faisait, sa manière de lui serrer la main, ses mimiques, elle était prête à tout interpréter... D'ailleurs, le professeur Khayat me confiait à ce propos que tout se joue dans les trois premières secondes, bien avant les premières paroles, pour transmettre à un patient l'espoir, l'envie et l'énergie de combattre... Je reviens à l'oncologue de Maman. Ce jour-là, son air était grave, sa mine sombre, son regard fuyant. Il lui asséna, en fixant ses chaussures, sans précaution, sans préalable, que son cancer était reparti de plus belle, qu'il n'y avait plus rien à faire, autrement dit qu'elle était « foutue ». Imaginez l'effet produit... Le coup porté au moral... L'espoir qui s'effondre... L'avenir qui se dérobe... Elle est rentrée à la maison, abattue, détruite, l'échine courbée, m'a prise dans ses bras et m'a dit : « Je suis foutue, voilà ce qu'il m'a dit, je vais avoir besoin de toi... » !

Sacré cadeau d'anniversaire. Il ne s'agissait pas de craquer devant elle, elle comptait sur ma force et mon soutien. J'ai ravalé mes larmes comme j'ai pu et suis partie chez ma meilleure amie où je me suis laissée aller à mon immense chagrin, imaginant les terribles mois à venir... N'ayant plus de motivation pour poursuivre le combat, Maman a baissé les bras et décidé de refuser les prochains traitements prévus, de renoncer à la médecine allopathique pour se tourner vers des solutions alternatives, voire spirituelles, permettant ainsi au crabe de poursuivre son invasion effrénée ! J'en ai voulu à ce médecin, à sa rudesse, à son manque d'empathie, à son manque de psychologie et me suis fait la promesse de dénoncer plus tard les faiblesses de l'approche psychologique de certains praticiens qui ne raisonnent qu'en efficacité de traitements et oublient qu'ils ont un être humain en face d'eux ! Rendez-vous compte qu'à l'époque les étudiants en médecine ne recevaient aucune formation psychologique pour apprendre à énoncer un diagnostic à leur patient. Il fallait avoir la chance de tomber sur un humaniste, soucieux de l'état psychologique du patient en face de lui... Ce ne fut pas notre cas ! Et cette manière odieuse de vomir son diagnostic a probablement contribué à écourter le temps de survie de Maman. Six mois plus tard, elle n'était plus là... Écœurée par la médecine, elle est décédée à la maison, sans soins palliatifs, sans morphine, c'était son choix, et nous l'avons respecté.

Ainsi apparaît l'ambigüité de la vérité. Loin d'être bonne absolument, elle semble ici nuisible, potentiellement dangereuse, car assénée sur un mode violent alors qu'elle devrait être maniée avec prudence et « circonspection ». D'ailleurs le proverbe populaire s'écrit à la forme négative : « Toute vérité n'est pas bonne à dire. » Or à l'opposé de cette méfiance, on peut être tenté de la considérer comme un idéal. Comparée au mensonge, qui a une connotation négative, la vérité semble d'emblée souhaitable ! Selon Aïda N'Diaye, dans un essai sur ce sujet intitulé *Toute vérité est-elle bonne à dire ?*, « l'idéal de vérité touche un large panel de domaines : un idéal de justice, un idéal religieux (le mensonge ne constitue pas un péché capital, mais n'en reste pas moins réprouvé...), un idéal social (l'interdit du mensonge reste l'un des principaux piliers de l'éducation transmise aux enfants), un idéal moral (le mensonge est réprouvé car il est souvent synonyme d'intérêts particuliers qu'une conduite morale, gratuite et désintéressée doit au contraire nous apprendre à fuir), un idéal psychologique (une existence saine repose sur une connaissance et une conscience claire et fiable de soi), enfin un idéal épistémologique (la recherche de la vérité étant l'objectif du travail scientifique) ».

Certes la vérité est un idéal, mais si le mensonge, les secrets sont à ce point monnaie courante dans bien des domaines, c'est parce que le fait de dire systématiquement la vérité pose des problèmes.

Si nous avions la certitude que la vérité ne nous sera jamais dévoilée, ne pourrions-nous alors nous satisfaire de vivre dans l'ignorance ou dans l'illusion ? Ne préférerions-nous pas éviter l'humiliation qu'il y aurait à reconnaître alors l'ignorance dans laquelle nous étions ?

Éternel casse-tête... J'imagine que, comme moi, vous avez été confrontés à cette question : faut-il avouer à sa meilleure amie que vous savez pertinemment que son mari lui est infidèle... Qu'est-ce qui doit vous guider à ce moment-là ? Votre loyauté envers elle ? Le souci altruiste et humaniste de la protéger et de la préserver ? Oui, mais dans ce cas, ne prenons-nous pas le risque de l'affaiblir, de la maintenir dans un rôle passif et de la priver de la possibilité de réagir, pour se tirer d'une situation a priori préjudiciable pour elle ? Dans cette situation, il m'est arrivé de réagir différemment en fonction du couple en présence. Quand j'estimais que l'amour était le plus fort et survivrait à cet épisode temporaire, et même parfois salutaire, je ne disais rien... Oui, je connais des maris qui trompent leur femme pour mieux la désirer, pour mieux l'entourer et la bichonner, une manière peut-être d'atténuer leur culpabilité... Des « serial lovers », récidivistes, dont l'un d'entre eux m'avouait qu'il avait eu des relations extraconjugales, dès la veille de son mariage, plusieurs à la fois, pour éviter de tomber amoureux (ça protège, paraît-il, d'avoir plusieurs liaisons en parallèle dans ces cas-là !), mais qu'il aimait son épouse par-dessus tout et la désirait toujours ardemment. Autrement dit, le fait de lui être infidèle décuple son désir pour elle… Le plus étonnant, c'est que l'épouse en question, en apparence en tout cas, ne semble se poser aucune question et vit sereinement son statut de femme comblée… Pourquoi détruire un tel équilibre par des révélations intempestives, lorsqu'il fonctionne depuis tant d'années ? Sait-elle et préfère-t-elle feindre d'ignorer pour préserver sa tranquillité et ne pas prendre le risque de remettre en cause son couple et sa vie familiale ? Aime-t-elle son mari au point de comprendre, et de lui pardonner ses incartades, en espérant qu'il revienne toujours vers elle ? Est-elle suffisamment sûre d'elle et de ce qu'elle lui apporte pour se dire qu'il ne pourra jamais se passer d'elle ? Je n'ai jamais eu les réponses, car, respectueuse de ses équilibres de vie, je lui ai épargné mes questions intrusives…

Dans d'autres situations, lorsque je sens une amie bafouée, manipulée, maltraitée, et en souffrance, et que je n'ai aucune estime pour le compagnon dont j'ai perçu les limites nocives, je me permets de parler, en prenant les précautions d'usage… C'est évidemment un cas de conscience de prendre le risque de provoquer la souffrance d'une amie que l'on aime, mais cela peut être aussi une manière de la protéger... d'un pervers narcissique, d'un homme violent, d'un homme malintentionné, intéressé, qui la fourvoie dans un abîme dangereux pour elle.

À l'inverse, il est très difficile d'être victime, à son tour, de ce que vous estimez ressembler à une défaillance de loyauté amicale : ça m'est arrivé plusieurs fois bien sûr... Celle que vous considériez comme votre amie, et qui révèle un secret que vous lui aviez confié, en provoquant des dégâts irréversibles... Vous avez tous connu ce genre de situations... Mieux vaut la laisser de côté et l'oublier, la confiance étant la base d'une relation amicale.

J'ai pris la décision de me séparer d'une autre amie très proche, à laquelle j'avais accordé une grande place dans ma vie, à la suite d'un épisode que j'ai jugé inacceptable : sur le point de subir une intervention chirurgicale, j'étais inquiète, angoissée, déprimée... J'étais sans nouvelles depuis longtemps d'un amoureux qui me manquait, et qui ignorait mon état de santé. Sans m'en informer, ou me demander mon avis, elle décida de l'en informer en lui envoyant un message, estimant qu'il me serait doux et agréable qu'il se manifestât à ce moment précis. Ce qu'il fit sur-le-champ ! Quelle ne fut pas ma surprise de recevoir un message de lui, juste avant de descendre au bloc opératoire... J'ai aussitôt mis cela sur le compte des liens invisibles qui unissent deux personnes, connectées, même à distance, convaincue du sixième sens et de la qualité de l'intuition de l'amoureux en question. Heureuse, transcendée par ce message, j'ai aussitôt appelé mon amie pour lui raconter... Elle m'a écoutée, ravie de constater l'effet produit, sans me révéler qu'elle était à l'origine de ce rappel à mon bon souvenir...

Les mois se sont succédé, la relation amoureuse a repris de plus belle... sauf que le monsieur n'était pas libre et que notre lien m'enfonçait plus qu'autre chose... Ce que mon amie savait pertinemment... Jusqu'à ce que j'apprenne la vérité sur la genèse de ce message providentiel de la bouche de l'homme en question... J'ai réagi violemment envers mon amie... J'aurais compris sa démarche, sa volonté de me sortir de ma torpeur préopératoire si elle ne m'avait pas laissée par la suite dans l'ignorance de cet état de fait... J'ai considéré son geste comme un abus de pouvoir, comme une intrusion grave dans cette histoire d'amour déjà suffisamment compliquée et nocive, qui n'avait aucun avenir. Et j'ai coupé net les liens, refusant ses arguments, selon lesquels elle aurait prétendument agi pour mon bien... Ce n'est pas ma définition ni de l'amitié ni de la bienveillance...

Nous ne saurions vivre dans une société où tout le monde ment, pas plus que dans une société où tous disent la vérité. Mais où placer le curseur ? Le mensonge semble parfois justifié par altruisme, par humanité, pour protéger l'autre. Faire de la vérité un devoir absolu, sans aucune restriction, peut s'avérer nuisible, on l'a vu.

Par ailleurs, aucun individu ne peut fonctionner socialement sans faire usage d'une certaine dose d'hypocrisie. On s'évite ainsi les foudres et les représailles, plus ou moins importantes mais toujours réelles, de ceux que la vérité aura blessés... Lors d'un dîner en tête à tête, je me suis permis de faire des remarques qui me paraissaient constructives à un ami proche, dans le but de le faire réfléchir à l'image qu'il renvoyait lors de ses prestations télévisuelles...

Je le trouvais trop sérieux, trop fermé, trop agressif, et je lui suggérais d'utiliser l'humour et le troisième degré qu'il manie par ailleurs fort bien en privé, pour déjouer certaines situations délicates... Que n'avais-je pas dit ! Il a pris la mouche, me demandant d'argumenter avec des exemples précis et concrets, des noms d'émissions, des dates, des citations, que ma mémoire avait occultés. Je m'en tenais à une impression générale.

Ma remarque lui a semblé trop vague, pas suffisamment étayée, donc irrecevable, il s'est levé, a quitté le restaurant, et a refusé de me voir pendant plusieurs mois. Ce genre de réaction impulsive peut aussi traduire le fait que la remarque a atteint son but, qu'on a fait mouche, qu'on a tapé dans le mille, en énonçant une vérité que la personne ne veut pas s'avouer, mais dont elle est consciente au plus profond d'elle-même... Malgré une réaction violente et agressive, et une brouille de plusieurs mois, l'idée fait parfois son chemin... Les risques encourus à dire la vérité sont donc partagés : difficile à dire, elle est aussi parfois dure à entendre...

Mais cela suffit-il à justifier qu'on ne la dise pas ? Même si celle-ci présente des risques – surtout si celle-ci présente des risques ! –, ne doit-elle pas quand même être dite ? N'est-ce pas par lâcheté que nous préférons taire une vérité qui peut blesser et que nous ne savons pas comment dire ? Le courage, la vertu n'exigent-ils pas que l'on dise la vérité, quel qu'en soit le prix, pour nous et pour les autres ?

Ne pas dire la vérité pour protéger l'autre revient à supposer que l'autre n'est pas capable de se protéger seul, c'est le déresponsabiliser face aux décisions qu'il pourrait prendre une fois la vérité connue. Cela peut se justifier quand la personne ne peut agir, dans le cas d'un enfant, ou d'un malade diminué au point qu'il ne puisse pas prendre de décision concernant son avenir, par exemple. Dans ce cas, la vérité est impuissante, inefficace car elle ne sera pas comprise. Mais dans d'autres situations, ne souhaitons-nous pas savoir si nous sommes condamnés afin de préparer au mieux cette fin qui nous guette ? Ne souhaitons-nous pas savoir si nous sommes victimes d'un adultère afin de prendre les dispositions pour y mettre fin ?

Il appartient finalement à chacun de déterminer en son âme et conscience quelles vérités peuvent être dites ou pas. Selon Aïda N'Diaye, « le devoir de vérité commence par soi : il s'agit d'être honnête quant aux motivations réelles de nos choix, que nous choisissions de dire la vérité ou non. Il s'agit d'aller jusqu'au bout du devoir de vérité, d'en saisir les conséquences et les implications, de réfléchir sur le processus de révélation pour ne pas entraîner un effet contre-productif. Rares sont finalement alors les occasions où ne pas dire la vérité est ce qui semble le plus sensé, mais elles existent pourtant bien ».

S'engage alors une réflexion plus fondamentale sur notre responsabilité à l'égard d'autrui, notre capacité à la moralité, notre liberté et notre habileté à dépasser nos faiblesses et nos lâchetés… Mentir ou dire la vérité : chacun a le devoir de faire le choix le plus cohérent vis-à-vis de soi-même et de son humanité, et de l'assumer !

Vous m'avez tellement manqué !

« Tu es parfaite pour les départs. Je me surpasse pour les retrouvailles. »

Denys et Karen dans *Out of Africa*

La fin du confinement était décrétée depuis deux semaines. La plupart des tournages avaient repris, avec toutes les mesures de sécurité qui s'imposaient. Sauf le nôtre ! *Affaire conclue* était toujours à l'arrêt, alors que nous étions prêts à reprendre, après avoir réfléchi à la mise en place de tous les protocoles de sécurité pour échapper aux risques de contamination. Impossible de reprendre sans l'autorisation finale du grand patron de Warner Bros. monde, la société qui produit l'émission. Les Américains sont frileux en matière de sécurité, redoutant d'éventuels procès à venir. Et le temps passait... Et je me languissais... Deux émissions étaient toujours diffusées quotidiennement à l'antenne, mais nous avions épuisé tous les stocks d'inédites, et vous, chers téléspectateurs fidèles, commenciez à vous plaindre, n'en pouvant plus de voir et revoir des émissions déjà diffusées. La direction de la chaîne, impuissante face aux Américains, s'impatientait. Nous étions tous les jours en attente du coup de fil qui nous donnerait le *go* libérateur. L'inquiétude, sournoise, commençait à envahir mes pensées... Et si nous devions patienter jusqu'au mois de septembre ? À ce moment-là, il nous restait soixante émissions à tourner pour terminer la saison, et nous devions enchaîner les tournages des émissions de la rentrée avant la coupure de l'été (si vacances il devait y avoir...). Cette attente pénible s'ajoutait aux mois de retrait imposés par le confinement. Ce temps long, particulier, dramatique pour certains d'entre vous, s'était avéré prolifique en ce qui me concerne avec l'écriture de ce livre. J'avais été frappée pendant cette crise inédite par l'esprit innovant et créatif et le talent de beaucoup d'entre vous : des initiatives solidaires, des manières de faire du sport en ligne ou sur des balcons, une nouvelle manière de communiquer sur les réseaux sociaux... Une fois de plus, dans ces temps troubles et difficiles, les Français avaient su révéler leur génie. Et puis nous étions tous logés à la même enseigne et nous ne pouvions faire autrement que de prendre notre mal en patience en s'adonnant parfois à des activités inédites et en cherchant des solutions pour rester en lien avec les autres.

Là, dans cette période post-confinement, c'était différent... L'équipe d'*Affaire conclue* était empêchée et nous n'y pouvions rien : les autres avaient repris ; pas nous. Notre patron français ne comprenait pas, se heurtait à un mur de silence, ne recevait aucune explication fiable... On lui parlait d'un combat d'avocats au plus haut niveau. On lui demandait de fournir des dossiers techniques pour détailler les mesures envisagées pour garantir la sécurité des participants et des collaborateurs de l'entreprise... Situation ubuesque qui nous contraignait à la patience ! Je décidai de quitter la Normandie et de retourner à Paris, espérant forcer le destin... Je me disais que j'allais préparer mon « outil de travail » en faisant un saut chez le coiffeur et chez la manucure, pour vous être présentable... En vain ! Et comme nous tous, je m'épuisais en conjectures angoissantes... Et si la direction décidait d'interrompre les rediffusions et de remplacer notre case de diffusion par un autre programme ? Toutes les hypothèses étaient permises, d'autant que les audiences finissaient par baisser inexorablement... Nous vivions cela comme une injustice, vu l'attachement que nous avons tous, vous et nous, pour cette émission. Nous n'avions pourtant pas démérité... Je profitai quand même de mon séjour parisien et de mon inactivité pour revoir mes proches dont j'avais été coupée depuis si longtemps et m'autorisai des soirées amicales et des couchers à des heures improbables, impensables en temps normal, antinomiques avec mon rythme de travail d'ordinaire effréné. Je commençais surtout à mesurer à quel point j'aimais mon travail. J'étais impatiente de retrouver ceux qui m'entourent au quotidien. Et j'étais en manque de votre présence physique sur le plateau ! Je réalisais surtout qu'en trente ans d'expérience, il ne m'était jamais arrivé d'être restée si longtemps éloignée de vous... Ce confinement, cette inactivité qui se prolongeait, mettait en lumière votre absence de plus en plus pesante, et je prenais de plus en plus conscience de la force du lien qui me relie à vous.

Les journées s'enchaînaient... Sans la moindre bonne nouvelle, sans le début d'un espoir... Paris, que j'avais quittée deux mois plus tôt, m'apparaissait sous un jour différent. Les restaurants, les musées, les cinémas, les théâtres étaient fermés. Les gens portaient des masques dans la rue. Les espaces verts étaient interdits. Je découvrais un nouveau monde. J'avais du mal à m'y faire. Je profitais de mon inactivité pour aller déambuler sur ces fameux quais de Seine devenus piétonniers, bien agréables il est vrai sous ce chaud soleil du mois de mai, et découvrais avec ravissement le bleu devenu turquoise de l'eau... L'attente s'éternisait. Nous n'avions aucun élément pour nous raccrocher au moindre espoir. Dépitée, après quelques jours stériles, je décidai de faire le chemin en sens inverse et de regagner mon lieu de confinement en Normandie, où l'environnement serait plus souriant. Les plages étaient toujours interdites, mais la belle campagne normande m'attendait à bras ouverts et m'offrait de nouvelles perspectives de balades.

Je venais à peine d'arriver, ce vendredi 22 mai, quand la sonnerie de mon téléphone a retenti : « Ça y est, ils ont dit oui ! Nous pouvons reprendre », c'était le grand patron de Warner France, qui ne cachait ni sa joie ni son soulagement. Quelle nouvelle ! Une libération ! Je savais que le mardi suivant, au plus tard, je serais enfin sur le plateau à Saint-Denis dans les anciens ateliers Christofle, entourée des experts et des acheteurs d'*Affaire conclue*, et que nous vous y attendrions, à deux mètres de distance certes, mais de nouveau réunis…

J'étais libérée d'un poids et ravie de me projeter dans l'emploi du temps surchargé qui m'attendait. Je savais à ce moment-là que j'allais devoir mettre un terme à ces rendez-vous d'écriture intenses et salvateurs qui avaient jalonné la période incroyable et inédite que nous venions de traverser. Cet exercice particulier et exigeant demande du temps, suppose de longs moments de solitude et une absence totale de contraintes, l'inverse de ce qui m'attendrait dans les semaines suivantes. Je réalisai alors que j'avais pris du plaisir à ces moments de réflexion qui m'ont permis de tenter de définir ce qui pouvait nous rassembler. J'avais aimé trouver les mots pour vous les livrer, seule devant mon ordinateur, avec une tasse de thé, accompagnée par la musique de Schubert en fond sonore. J'étais fière d'avoir fait preuve de rigueur, de m'y être tenue quotidiennement, en m'y consacrant six à sept heures par jour, ne m'autorisant qu'une promenade d'une heure autour de chez moi, conformément aux restrictions imposées par le confinement. Vous m'aviez manqué physiquement, mais vous étiez là, tapis dans un coin de ma tête, pour nourrir ces quelques chapitres. Et je m'apprêtais à vous retrouver sur un autre mode, plus familier, celui que nous partageons depuis trente ans, sur le plateau ou par écran interposé.

Depuis, nous avons subi de nouveaux confinements, moins drastiques, allégés, qui nous ont permis, dans l'audiovisuel, de continuer à enregistrer nos émissions en respectant les mesures sanitaires. En sortirons-nous un jour ? À quelles conditions et dans quel état ? Un monde nouveau est en train de naître. Porter un masque est devenu une habitude. Nous avons presque oublié le temps où nous nous touchions, où nous nous embrassions. Je ne peux plus vous prendre dans mes bras lorsque vous êtes émus ou tristes. Nous allons devoir, tous ensemble, réinventer la vie, et redéfinir nos modes de relation. Mais je suis confiante et ne doute ni de nous ni de nos capacités de résilience !

Pour conclure, je tenais à vous exprimer ma gratitude. Vous me recevez chez vous quotidiennement depuis plus de trente ans… Quelle fierté que cette longévité ! Je tiens à vous remercier pour tout, pour votre fidélité, vos attentions, votre intérêt pour moi et, à bien y réfléchir, je me permets d'emprunter à l'une de mes artistes préférés cette belle conclusion : l'une de mes plus belles histoires d'amour, la plus longue, la plus riche, la plus fidèle, c'est vous !

Remerciements

Merci à Lise Boëll, mon éditrice, qui, une fois de plus, a su se montrer persuasive. Sans elle, pas sûre que je me serais à nouveau lancée dans cette aventure !

Merci à mes enfants et à leur père d'être restés à distance pendant ce premier confinement ce qui m'a permis d'aborder en solitaire cette période d'écriture... Sinon, je me serais laissée distraire...

Merci à mes amies, à l'occasion de nos multiples discussions, de m'avoir inspirée un certain nombre de « profils » dans le chapitre « Mademoiselle » sur l'apprentissage du célibat. Je me suis amusée à mettre en forme leurs témoignages dans lesquels nous nous reconnaissons toutes ! Merci à elles !

Tout ce qui nous lie !

Merci à vous, cher public, de me supporter (dans tous les sens du terme !) depuis toutes ces années. Merci de votre fidélité ! Merci de ce que vous m'apportez !

Table

Notre lien 7
L'âme populaire 11
Le bon sens terrien 23
Où l'on va 39
Un œil qui frise ! 57
Gourmande de la vie 79
Mademoiselle 107
Zones d'ombre 145
Courage 163
Tempérament ! 183
Libre… oui, mais.. 205
La force de l'âge ! 217
Toute vérité est-elle bonne à dire ? 235
Vous m'avez tellement manqué ! 257

Remerciements 265

DU MÊME AUTEUR

Il est temps de choisir sa vie !, avec Christophe Fauré, Albin Michel, 2017.

Ce que j'ai appris de moi : journal d'une quinqua, Albin Michel, 2015.

Au-delà : grandir après la perte, avec Christophe Fauré, Michel Lafon, 2009.

Les petits plats dans l'écran : les meilleures recettes de l'émission, Mango, 2008.

Le Bonheur au féminin, avec Yolaine de La Bigne, Mango, 2008.

Le Dico du bonheur, avec Yolaine de La Bigne, Mango, 2007.

Composition : Nord Compo
Impression : CPI Bussière en avril 2021
Éditions Albin Michel
22, rue Huyghens, 75014 Paris
www.albin.michel.fr
ISBN : 978-2-226-45649-6
N° d'édition : 24220/01 – N° d'impression : 2055789
Dépôt légal : mai 2021
Imprimé en France